国际大奖小说

美国图书馆协会施耐德图书奖

55赫兹之歌

SONG FOR A WHALE

[美]林恩·凯丽 / 著

王祖宁 / 译

天津出版传媒集团

新蕾出版社

图书在版编目(CIP)数据

55 赫兹之歌 /(美)林恩·凯丽著；王祖宁译. --
天津：新蕾出版社，2024.1(2025.1 重印)
(国际大奖小说)
书名原文：SONG FOR A WHALE
ISBN 978-7-5307-7626-1

Ⅰ.①5… Ⅱ.①林… ②王… Ⅲ.①儿童小说-长篇小说-美国-现代 Ⅳ.①I712.84

中国国家版本馆 CIP 数据核字(2023)第 195687 号

Copyright © 2019 by Lynne Kelly
Published by agreement with Baror International, Inc., Armonk, New York, U.S.A. through The Grayhawk Agency Ltd.
Simplified Chinese translation copyright © 2023 by New Buds Publishing House (Tianjin) Limited Company
ALL RIGHTS RESERVED
津图登字：02-2020-182

书　　名	:55 赫兹之歌　55 HEZI ZHI GE
出版发行	:天津出版传媒集团 新蕾出版社
	http://www.newbuds.com.cn
地　　址	:天津市和平区西康路 35 号(300051)
出 版 人	:马玉秀
电　　话	:总编办(022)23332422 　发行部(022)23332351　23332679
传　　真	:(022)23332422
经　　销	:全国新华书店
印　　刷	:天津新华印务有限公司
开　　本	:880mm×1230mm　1/32
字　　数	:110 千字
印　　张	:8.5
版　　次	:2024 年 1 月第 1 版　2025 年 1 月第 2 次印刷
定　　价	:32.00 元

著作权所有，请勿擅用本书制作各类出版物，违者必究。
如发现印、装质量问题，影响阅读，请与本社发行部联系调换。
地址:天津市和平区西康路 35 号
电话:(022)23332677　邮编:300051

一辈子的书

◎ 梅子涵

◆亲近文学◆

　　一个希望优秀的人,是应该亲近文学的。亲近文学的方式当然就是阅读。阅读那些经典和杰作,在故事和语言间得到和世俗不一样的气息,优雅的心情和感觉在这同时也就滋生出来;还有很多的智慧和见解,是你在受教育的课堂上和别的书里难以如此生动和有趣地看见的。慢慢地,慢慢地,这阅读就使你有了格调,有了不平庸的眼睛。其实谁不知道,十有八九你是不可能成为一个文学家的,而是当了电脑工程师、建筑设计师……可是亲近文学怎么就是为了要成为文学家,成为一个写小说的人呢?文学是抚摸所有人的灵魂的,如果真有一种叫作"灵魂"的东西的话。文学是这样的一盏灯,只要你亲近过它,那么不管你是在怎样的境遇里,每天从事怎样的职业和怎样地操持,是设计房子还是打制家具,它都会无声无息地照亮你,使你可能为一个城市、一个家庭的房间又添置了经典,添置了可以供世代的人去欣赏和享受的美,而不是才过了几年,人们已经在说,哎哟,好难看哟!

谁会不想要这样的一盏灯呢?

◆阅读优秀◆

文学是很丰富的,各种各样。但是它又的确分成优秀和平庸。我们哪怕可以活上三百岁,有很充裕的时间,还是有理由只阅读优秀的,而拒绝平庸的。所以一代一代年长的人总是劝说年轻的人:"阅读经典!"这是他们的前人告诉他们的,他们也有了深切的体会,所以再来告诉他们的后代。

这是人类的生命关怀。

美国诗人惠特曼有一首诗:《有一个孩子向前走去》。诗里说:

> 有一个孩子每天向前走去,
> 他看见最初的东西,他就变成那东西,
> 那东西就变成了他的一部分……

如果是早开的紫丁香,那么它会变成这个孩子的一部分;如果是杂乱的野草,那么它也会变成这个孩子的一部分。

我们都想看见一个孩子一步步地走进经典里去,走进优秀。

优秀和经典的书,不是只有那些很久年代以前的才是,只是安徒生,只是托尔斯泰,只是鲁迅;当代也有不少。只不过是我们不知道,所以没有告诉你;你的父母不知道,所以没有告诉你;你的老师可能也不知道,所以也没有告诉你。我们都已经看见了这种"不知道"所造成的阅读的稀少了。我们很焦急,所以我们总是非常热心地对你们说,它们在哪里,是什么书名,在哪儿可以买到。我就好想为你们开一张大书单,可以供你们去寻找、得到。像英国作家斯蒂文生写的那个李利一样,每天快要天黑的时候,他就拿着提灯和梯子走过来,在每一家的门口,把街灯点亮。我们也想当一个点灯的人,让你们在光亮中可以看见,看见那一本本被奇特地写出来的书,夜晚梦见里面的故事,白天的时候也必然想起和流连。一个孩子一天天地向前走去,长大了,很有知识,很有技能,还善良和有诗意,语言斯文……

同样是长大,那会多么不一样!

◆ **自己的书** ◆

优秀的文学书,也有不同。有很多是写给成年人的,也有专门写给孩子和青少年的。专门为孩子和青少年写文学书,不是从古就有的,而是历史不长。可是已经写出来的足以称得上琳琅和灿烂了。它可以算作是这二三百年来我们的文学里最值得炫耀的事情之一,几乎任何一本统计世纪文学成就的大书里都不会忘记写上这一笔,而且写上一个个具体的灿烂书名。

它们是我们自己的书。合乎年纪,合乎趣味,快活地笑或是严肃地思考,都是立在敬重我们生命的角度,不假冒天真,也不故意深刻。

它们是长大的人一生忘记不了的书,长大以后,他们才知道,原来这样的书,这些书里的故事和美妙,在长大之后读的文学书里再难遇见,可是因为他们读过了,所以没有遗憾。他们会这样劝说:"读一读吧,要不会遗憾的。"

我们不要像安徒生写的那棵小枞树,老急着长大,老以为自己已经长大,不理睬照射它的那么温暖的太阳光和充分的新鲜空气,连飞翔过去的小鸟,和早晨与晚间飘过去的红云也一点儿都不感兴趣,老想着我长大了,我长大了。

"请你跟我们一道享受你的生活吧!"太阳光说。

"请你在自由中享受你新鲜的青春吧!"空气说。

"请你尽情地阅读属于你的年龄的文学书吧!"梅子涵说。

现在的这些"国际大奖小说"就是这样的书。

它们真是非常好,读完了,放进你自己的书架,你永远也不会抽离的。

很多年后,你当父亲、母亲了,你会对儿子、女儿说:"读一读它们,我的孩子!"

你还会当爷爷、奶奶、外公和外婆,你会对孙辈们说:"读一读它们吧,我都珍藏了一辈子了!"

一辈子的书。

献给所有曾经感到孤独的人

目录

1

55赫兹之歌

249

世界上最孤独的鲸鱼

253

走近听障人士

55赫兹之歌

1

直到去年夏天,我以为我和那头鲸鱼之间唯一的相通之处,就是我们有个同样的名字。

我和外公捡了些岸边散落的贝壳和浮木,采了些沙丘上的野花,然后一起坐了下来。贝壳和浮木是给外婆的,野花是给鲸鱼的。

外公问我最近在学校怎么样,我告诉他一切如常,也就是情况并不好。我已经在这所学校上了两年,却仍觉得自己像个新生。

外公拍了拍身旁的沙地。"你知道它很可能也失聪了吗?"他比画道。

我用不着去问他这话的含义。那头鲸鱼在这里埋了十一年,爸妈已经无数次向我讲起当天发生的事情。

我摇摇头。我不知道那头鲸鱼是否失聪,也不知道外公为什么要岔开话题。也许他不清楚该如何继续跟我谈论上学的事情。

那头鲸鱼是在我出生当天搁浅的。有人在墨西哥湾的浅滩中发现了它,人们都站在岸边,看着它靠近。外婆拔腿就跑,一脚踩进二月冰冷的海水中,想要把它从陆地推回海中,仿佛她仅凭一己之力,就能让这头重达四十吨的动物改变方向。当时的情况极其危险,虽然鲸鱼十分虚弱,但它只要一甩尾巴,就能将外婆击昏。我不知道换作是我,我会怎么做——是像外婆一样跳入海水中,还是站在岸上冷眼旁观。

"它并非天生听不到声音,"外公继续比画着,"科学家们对它进行了研究,表示这只是偶然事件造成的。也许是在油井爆炸或炸弹试验时,它恰好从附近游过。"

当外公讲故事时,所有景象在我眼前栩栩展开。他打着手势,我仿佛看到,刹那间,那头鲸鱼所在的海洋声息皆无,于是它只能游呀游呀,想要再次听到一丝声响。或许正因如此,它才离开了适宜生存的大海深处,来到我们这里,在墨西哥湾的海滩上搁浅。塞鲸①从不靠近海滨,不过它却在那天来到了岸上。

"如果周围没有声音,鲸鱼就会迷路,"外公接着比画说,"大海里一片漆黑,海水覆盖着地球表面大部分区域,海里到处都有鲸鱼居住。它们通过声音来辨别方向,也是靠声音与远方的同类交流。"

当熟悉的声音从海洋里消失后,鲸鱼蓦地陷入了一个寂静的世界,并且在其中迷失了方向。一支救援队来到海滩,想要救下这头鲸鱼,并为它取名艾莉丝。外婆让爸妈给我起了同样的名字,因为我所来到的世界,正是那头鲸鱼刚刚离开的。

海洋生物学家竭尽所能,在掌握了有关它的所有情况后,将它葬在了那片海滩。与它一起被埋藏的还有许多有待解答的问题,因为没有人知道它为什么会来到这里。

我们一直住在海岸边,直到我上二年级的那个夏天,由于爸爸换了新工作,我们举家迁往了休斯敦。从那儿以后,我们只在每年夏天回去一两次。新家有一个好处,就是距离外公外婆家更近。我喜欢和他们待在一起,尤其是因为他们也像我一样,听不到声音。不过,我们都很怀念那片海滩,我也很怀念跟那些和我一样的孩子一起玩耍的时光。我从前的学校里只有几个失聪的孩子,但这就足够了。我们一起上课,我们彼此陪伴。

---

①塞鲸为须鲸的一种,是世界第三大须鲸,仅次于蓝鲸和长须鲸。

"但我们的情况不太一样,"外公打手势说,"这里不是漆黑一片。这个小小的空间属于我们,只要在这里,我们就会感到轻松自在。有时候,你得过一段时间才能把事情想明白,但你一定会想明白,也一定会找出办法来的。"

2

我渐渐发现，叫我去办公室成了康恩老师唯一的乐趣。如此一来，从某种程度上说，我就有责任让她感到快乐。但我还是想要趁她不备，偷偷溜进教室。这一次，我只迟到了一分钟，何况我还有充分的理由。

可我还没坐到座位上，她便指了指前面的办公室。

我为迟到挨过批评，再次回到教室后，康恩老师对我的手语翻译查尔斯先生说："告诉艾莉丝坐到尼娜旁边，让尼娜帮她赶上进度。"我在旁边时，她常会这样讲话。查尔斯先生曾多次向她表示，她可以直接对我说话，他只要译出她所说的内容，而不是每次都要以"告诉艾莉丝……"开头。最后，他选择了放弃，不再去提醒康恩老师，因为她永远也不会明白。

再者，我也不用别人帮我赶什么进度，更不想要尼娜的帮助。

"我自己会赶上进度的。"我打手势说。当查尔斯先生传话给康恩老师时，她的神色变得比平时更严厉了，这一点着实出人意料。她没再说什么，只是一抬手，指着尼娜旁边的位置。

康恩老师这么做合情合理，因为她认为尼娜是班上最聪明的学生，而尼娜又自认为通晓手语。她从图书馆借过一本手语书，于

是便以专家自居。有些人总是自信满满，却不明白自己其实一无所知。

当我把课桌挪到尼娜旁边时，她对我打了个手势。

我问查尔斯先生："她是不是说自己是只大松鼠？"

他咬住嘴唇，把目光转向一边答道："我想她的意思是'好同桌'。"

其实我早就猜出来了，只不过想逗查尔斯先生一笑，这是我最喜欢的事情。

我凑到旁边那排，看着克拉丽莎·戈尔德的课本。我问克拉丽莎大家在干什么，查尔斯先生把我的问题译了出来。尼娜挥舞双手，打起自编的手语，也想加入进来。因为我没有理她，她简直要贴到我的脸上，仿佛我看不见她似的。但我始终盯着查尔斯先生，因为老实说，只有他自知自己在做什么。尼娜的手指上下翻飞，就像一群苍蝇，只欠让人一把轰开。因此当我张开手指，摇动手腕，做出"停"的手势时，那感觉痛快极了。查尔斯先生把我的手语翻译出来后，接着说道："如果两个人同时打手势，只会分散人们的注意力。"通常情况下，他不会这样插话，因为他希望我能自行处理自己的事情，所以他一定也很烦尼娜。

几分钟后，康恩老师走了过来，问尼娜："怎么样，你帮艾莉丝赶上进度了吗？"

"是的,我想她赶上了!"她回答。

"赶上了。"我重新低下头,看着作业本,免得自己会变成漫画上那种耳朵里喷着蒸汽的小人儿。我草草写下最后一个答案,啪的一声合上练习册,然后打手势说:"写完了。"

我准备掏出手机浏览早上下载的《古董无线电杂志》。要是我在桌上摊开一本书,把手机放在膝头,也许就能看上几页杂志了。

当我把一只手悄悄伸进书包时,康恩老师指着自己的嘴巴,说了句什么。她以前也这样做过,好像这样就能发生奇迹,我就能理解她的意思似的。一天,在吃晚饭时,我对爸妈说:"嘿,我耳朵不聋了。康恩老师一边说话,一边指着自己的嘴巴,我全都听得明明白白。真不知道你们怎么想不到这个主意。"

开学第一天,康恩老师抓住了查尔斯先生的双手。她不想让我看查尔斯先生打手势,而想迫使我解读她的唇语。我听不到查尔斯先生跟她说了些什么,但康恩老师松开了他的双手,仿佛她碰到了一个滚烫的火炉。从那儿以后,她再也没有抓过他的手。

我俩都不去看康恩老师的嘴唇,查尔斯先生把她的话翻译成手语:"你得重做上周诗歌课上的作业。"这怎么可能?我交的那篇诗歌可是上乘之作呀!

当康恩老师把作业发给我时,她脸上的表情如同刚刚咬了一口酸黄瓜一般。她总是这副表情,只不过这一次在咬酸黄瓜时,她

好像还闻到了某种难闻的味道。

我从康恩老师手中接过作业本,首先映入眼帘的是红笔写的批语:没有押韵!

这话不对。这首诗源自过去我常跟外公进行的手语故事比赛。我们其中一人先起头,然后轮流接续,一次只能做一个手势。最难的地方是,在整个故事中,我们都需要保持同样的手势。举例来说,假如故事以拳头开始,随后的每句话也要以拳头结束。这对手语来说,也是一种押韵。就这样,我们讲啊讲啊,直到在不打破这一手势规则的前提下,谁也想不出来怎样继续下去为止。

我最喜欢从一棵茂密的大树讲起。接着,一阵风刮来,吹起一片树叶。树叶落入河中,顺流而下,来到岸边。最后,一只小鸟从天而降,衔住那片树叶,把它放进另一棵树上的鸟巢中。在讲这个故事时,我们会始终张开手,伸着五根指头。

这些内容一旦写在纸上,看起来就不一样了。因为纸是平面的,而我只有借助上下左右的空间,才能讲好这个故事。此外,英语单词和手语的形状也不太一样。要是非得把故事写下来,就是下面这个样子:

树叶飘舞,随风盘旋,
顺流而下,散落河畔。

雌鸟衔起,筑成新巢。

没错,这首诗从字面上看的确不太押韵,可我想如果我把事情解释清楚,这样写应该也可以。于是,我在作业纸上方加了一段话,对这首诗做了解释。但我怀疑康恩老师根本没看。

那首诗被画了一道红杠,现在已经面目全非。我拿出红笔,怒视康恩老师,在"没有押韵!"的批语下写道:"对我来说押韵了。"

虽然外公已经过世,但我常常会想,他是否在冥冥之中仍然陪伴着我,他是否还能看到我。但当时,我绝不希望外公在我身边。我不想让他看到,康恩老师毁掉了我们俩的故事。

我把作业纸揉成一团,全班同学都扭头看着我。尼娜竖起手指放在唇上,仿佛她有责任提醒我,哪些行为会弄出声响,而我不应该那样做似的。然而,我没把纸团扔到她脸上,而是让纸团飞过教室,落进垃圾桶里。那首诗里的树叶、河水、小鸟,还有新筑的鸟巢,都被这道红杠砍成了碎片。

3

我只有在科学课上不会偷偷看手机,虽然手机属于科技产品。在这门课上,我大都聚精会神,因为我喜欢科学和科学老师索菲亚·阿拉米拉。当我用手语拼出她的姓名时,这个名字就像波浪般在我掌心起伏。

阿拉米拉老师在黑板上写下"Hz"两个字母。"记得这是什么意思吗?"她问。

有几名同学举起手,阿拉米拉老师点名让我回答。我用手语拼出"赫兹",查尔斯先生向老师和全班同学读出了这个词。

"回答正确。"阿拉米拉老师说,"那它是用来表示什么的?"

"声音的频率。"

不知道阿拉米拉老师现在为什么要复习频率的知识。几个月前,我们刚刚考过。

"我发现有种东西与我们正在学习的知识息息相关。"她仿佛听到了我的心里话一样,认真地说,"这是一头特别的鲸鱼,你们很快就会明白,它发出的声音频率为什么如此重要。"

阿拉米拉老师在讲桌前的电脑上按下几个键,她的眼镜上立刻映射出播放的内容。教室前方的投影屏幕上是一片深蓝色,屏幕一角显示"没有信号"。

阿拉米拉老师还没有朝我打出"请帮个忙"的手势,我就已经向她走去。我重启视频,按下暂停键,将电脑与投影仪的信号连接上,然后点击屏幕下方的"CC"键,打开了字幕。

视频开始播放。一头鲸鱼在大海中游弋。因为屏幕上有字幕,所以我自己就能看懂,不需要借助查尔斯先生的手语。鲸鱼深蓝灰色的身体占满了屏幕,尾巴上下摇摆。

视频中的旁白说,这头鲸鱼叫"Blue 55",它总是独来独往,而非像大多数鲸鱼那样成群结队地出行。据人们所知,它一直如此,既没有家人陪在身边,也没有朋友与它交流。它是须鲸的一种,只吃浮游生物和小鱼。它没有尖牙利齿,也不吃乌贼和海豹。它属于杂交品种,因为它的妈妈是一头蓝鲸,而爸爸是一头长须鲸。

"问题在于,"旁白说道,"Blue 55 的声音独一无二。多数鲸鱼发声的频率为 35 赫兹或更低,而这头孤独的鲸鱼却只能发出约 55 赫兹的声音。"

两种声音虽然只差 20 赫兹左右,但却产生了极大的差异。于是,Blue 55 所发出的声音只有自己能听到。

"此外,它的发声模式也很特别,即使其他鲸鱼能够听到它的声音,它们也不明白它想要表达什么。Blue 55 很可能与父母也无法交流。"

我的心紧缩成一团。真希望屏幕上再出现一头鲸鱼，游向 Blue 55，或者至少看它一眼。

"二十世纪八十年代末，海军的声呐系统探测到 Blue 55 发出的奇特叫声。海洋生物学家弄清了这些声音的来源，以及这头鲸鱼在大海中独来独往的原因。"

屏幕上的字幕一片模糊，我这才发现自己早已热泪盈眶。查尔斯先生从口袋里掏出一张纸巾，递给了我。他大概听到了我的抽泣声。

"过敏了。"我比画着，没有再看视频。

旁白继续说道："去年，海上禁捕区的研究人员试图给 Blue 55 安装追踪仪，以便记录它有别于其他鲸鱼的独特迁徙模式。他们获取了 Blue 55 的皮肤样本，从而发现其父母分属不同品种。但他们还没来得及安装追踪器，它便潜入水下游走了。二十分钟以后，它才会再次浮出海面换气。如果没有追踪器，人们就只能通过水下传声器获取它的声音，了解它的去向。"

我不知何时站了起来。视频结束后，阿拉米拉老师开始讲课，我低头看着查尔斯先生。当我跌在座椅上时，大家都在盯着我。课本躺在地上，一定是在我站起身时掉下去的。我没去管它。

"你们能想象吗？"阿拉米拉老师问，"这么多年来，它一直独来独往，无法与同类交流。"

我能。

她开始讲解跟频率有关的知识,我却走了神儿。我茫然地望着查尔斯先生,仿佛还能看到屏幕上的那头须鲸。

Blue 55没有同伴,没有家人,谁也听不懂它的语言,但它仍在歌唱。它唱呀唱呀,没有人能够听见。

4

它并非一直独来独往。很久以前,当海底最大的声音来自鲸鱼的叫声时,它曾经有过一群同伴。

最初,那些鲸鱼试着与它交流。它们每天都会变换不同的声音,模仿它的叫声。

它也做出了回应,但它的叫声它们就是听不懂。

它听到了其他鲸鱼的叫声,但它的回应毫无意义,它们以为它没有听懂。

它们彼此呼唤,发出的声音从它四周甚至身体当中穿过,仿佛它只是一株珊瑚或一片海藻丛,但其实它全都听到了。

当它们感到失望,再也不打算倾听它的声音,哀叹它不可能加入鲸群时,它全都听懂了。当危险来袭时,它不可能对它们发出警告。当前方的水域适合觅食,它也无法告诉大家。

"我能!"它怒吼道,"瞧呀,那边的海浪中都是磷虾。"它一边叫着,一边转身为同伴带路,它竭力想让自己的声音与四周鲸鱼的叫声接近。然而,大海淹没了它的叫声,带走了它的呼喊。它的叫声频率太高,其他鲸鱼根本听不到。

一天夜里,它从睡梦中醒来,浮到海面上换气,发现自己形单影只。经过这么长时间,它的同类依然无法听到它的声音,最终还是离它而去。

它大声呼唤:"你们到哪里去了?我该怎么办?"但它心里清楚,它不会得到任何回应,因为这叫声只有它自己能听懂。

5

吃午饭时,我和同学们坐在一起,可我还是觉得很孤独。实际上,我能够读懂唇语,只不过我没有告诉康恩老师。不过,不管我读得有多准确,我也不可能明白一切。因为很多词语的口型差不多,尤其是当一群人同时讲话时,我没办法全部兼顾。如果他们边吃边说,情况就会更糟。有些同学在讲话时知道看着我,但在接着与其他人交谈时便会加快语速,而我根本反应不过来。还有一两个孩子懂得如何用手势比画字母,并且会逐字逐句把要说的话拼出来。但这种做法太费时间,因此我会请他们直接写下来。反之,当我逐字逐句比画想说的话时,他们完全跟不上,除非我放慢速度,但那样等我拼到句子末尾时,他们已经忘记了开头。

有几个同学跟我一起上过科学课。我仍在想着那头叫 Blue 55 的鲸鱼,不知道他们是否也一样。不过,好像没人再提到它了。我很想问问,在他们看来,Blue 55 是喜欢独自游来游去,还是喜欢与朋友相处。或许它也想像其他鲸鱼那样歌唱,只是它做不到而已;或许它就喜欢独来独往,唱着自己的歌。

尼娜在和几个朋友经过我身旁时,挥舞着双手,仿佛要告诉我什么重大的事情一样。其实,即便我能理解她的手势,她要说的话对我而言也都无关紧要。不过，她看过了 Blue 55 的视频，而且显然她对手语很感兴趣，于是我深吸一口气，决定试试看。

我十分明确地向她打出手语，问道："对于那头鲸鱼，你是怎么看的？"

尼娜指指我的午餐，打了个毫无意义的手势。我根本不明白她想说些什么。

可能是她过于兴奋，比画得太快，仿佛双手跟不上大脑一样，所以她传达的信息十分混乱。

我伸出一只手，想让她放慢速度。数字和字母最容易懂，所以我摆摆手，做出"B"的手势，代表"Blue"，然后又伸出手掌，比出"5"的手势，并在空中连挥了两次。Blue 55。我略一耸肩，挑了挑眉毛，表明我想问她问题。我的意思再明显不过了。我是在问："那么，你是怎么看待那头鲸鱼的？"

不过，她似乎仍不明白，而我也不清楚她到底想要说什么。她打出的手语中，没有任何与"鲸鱼""大海"或"歌唱"有关的词。

我只得作罢，转头望向桑杰。桑杰就坐在我对面，说的大概是自己刚刚解锁了电子游戏中的一关。我用余光瞥见尼娜仍在兴奋地比画着。她的朋友们纷纷后退，以免被她挥舞的胳膊打到。尽管她大出洋相，大家还是更关注我。桑杰指了指尼娜，让我看她，可我一把推开他的手，仿佛急着要他接着讲电子游戏的事一样。我扫了一

眼尼娜，想看她有没有放弃。她反而向我凑得更近了，我的脸顿时涨得通红。好极了。这个女生根本不明白别人的暗示，仍像疯了一样比比画画。我把手伸进书包，从作业本上扯下一页纸。

我想换个话题，脑子里首先想到的便是："这周末大家都准备干什么？"尼娜就在旁边。我虽然没有看她，但感觉到她双手在我脑袋一旁呼呼生风。最后，我只得转过头去，因为大家都在指指点点。但我看到的景象令人瞠目结舌，她所有的手势都莫名其妙。于是，我向尼娜比画"我不明白你的意思"，然后把头转了回去。可她仍不肯善罢甘休，而是靠了过来，强迫我看着她，双手在我面前挥来挥去。我再也忍不下去了。我的脸烧得更厉害了。大家都望着我，仿佛我才是个不明事理的笨蛋。

我推开尼娜，打手势道："别来烦我！"我没想用力推她，可她还是一头栽到了邻桌同学的身上，而后跌倒在地。尼娜大张着嘴，似乎在大声叫喊。她发出的响动一定不小，因为餐厅里所有人都站起身来，想要看个究竟。负责午餐的老师挤到我们桌旁，露出一脸担忧的样子。其中一人的口型像是在问："怎么回事？"

一位老师把尼娜扶了起来。她揉了揉磕在地上的胳膊肘儿，但身上其他地方好像没事。我站起身，把书包甩到背后。虽然上课铃还没响，但我径直走向了校长办公室，反正他们肯定会把我送到那里去的。

6

校长秘书一边接电话,一边看着我走过来。我冲她挥手致意,然后走进了校长办公室。谢尔顿女士还没到,所以我走上前去,调整了一下座椅的位置。我把黑色的椅子拉到办公桌一边,查尔斯先生可以坐那儿,这样我就能同时看见他和校长了。我坐在自己最喜欢的那把椅子上,盯着天花板,等着他们的到来。

校长走进房间,坐到办公桌后,接着摊开双臂,仿佛在问:"怎么回事?"

我耸耸肩。查尔斯先生还没来,此时交谈没有任何意义。我摸了摸挂在脖子上的吊坠,这个吊坠是用一台古旧的珍妮斯牌收音机上的旋钮做成的。这种收音机的木制旋钮通常饰有 Z 形闪电的浮雕图案。我在自己的房间里收藏了很多古董收音机。平常,我会给贡纳先生的古董店做些维修工作。在修好收音机后,我偶尔——好吧,是常常——会将它们买下来。我之所以要把这个旋钮做成吊坠,是因为这样一来,即便不在家时,我也能随身携带自己的部分收藏品。我一边等待,一边用指尖摩挲着 Z 形闪电锯齿状的边缘。

几分钟后,查尔斯先生走了进来。他在我对面落座时,我打手势道:"欢迎。"

我指着谢尔顿女士桌上一张从未见过的照片问:"新添的外孙?"

"对,他叫亨利。"查尔斯先生翻译过我的问题后,她答道,"好了,跟我讲讲餐厅里发生了什么事。"

我敢肯定,谢尔顿女士清楚发生了什么事,只不过她想听听我的说法。作为校长,他们要学会很多事情,其中之一就是:先查明真相,再盘问当事人,看看他们会不会撒谎。我向谢尔顿女士诉说着实情,查尔斯先生在一旁为我们翻译。

"尼娜只是想问,你午饭吃的什么。"她说。

我不禁拍了一下自己的脑门儿。难道这一切只是因为尼娜想知道我中午吃了哪种三明治吗?

"艾莉丝,她不过是想跟你搭讪,想表现得友好一些。"

"才不是呢,"我打手势说,"她只是不懂装懂,想要表现自己罢了。她的手都伸到我脸上了。"

谢尔顿女士提醒我说,学校绝不容许学生打架。我想要辩解,是别人把手伸进了我的私人空间,我只是想让她把手拿开。可我说什么都没用,因为在学校,这种行为就会被当成打架。

"这不公平。"我颓然地坐在椅子上,望着窗外的停车场。

查尔斯先生挥挥手,好引起我的注意,接着用手语翻译了谢尔顿女士后来说的话。

"邻桌确实有同学表示,尼娜离你太近了,你想让她停下来。我们会找她谈话的,让她尊重你的私人空间。如果再出现这种情况,你要告诉老师,不能再对同学推推搡搡。"

"好吧。"我无言以对。谢尔顿女士很可能不想听我解释,但比起对老师挥手示意,然后再写纸条解释发生的状况,一把推开她显然更快。

我被勒令从现在开始,留校停课两天。也就是说,我要坐在办公室里一整天,等老师把作业送来。对我来说这挺好的。要是定期停课就更妙了。如果能让我在家,我会迅速把作业赶完,然后开始修理收音机。大概就是因为这个,他们才不愿这样做,因为他们觉得,那样简直相当于给我放假。

紧接着,谢尔顿女士说了一句让我觉得糟糕透顶的话:"还有,等你回去上课时,你要向尼娜道歉。"

说不定她会忘记这件事的。

那天放学前,我收到妈妈的一条信息:"放学后立即回家。"谢尔顿女士肯定给她打了电话,说了我留校停课的事。放学后,我骑车回家时并不着急。爸妈曾经告诉过我,如果再被叫到校长办公室,我就麻烦大了,可现在离放假还有整整一个月呢。我不确定他们说的"麻烦"是什么意思,但这些事情还是不问为妙。

当天早上,我帮贡纳先生修了一台五十年代薄荷绿色的珍妮

斯牌收音机,所以上学迟到了一小会儿。眼看就要修好时,我才发现上学的时间快到了。贡纳先生并不着急,他总是对我说,只要能把事情做好,可以慢慢来。但我受不了半途而废,假如没有将它们修好,我会一直耿耿于怀。

回家的路上要经过废品站。反正离得不远。

来到莫伊废品站的门口,自行车还没停稳,我就跳了下来。我一边跑上人行道,一边扫视着里面的废旧设备。那里总是有很多洗碗机和洗衣机。不过……我还看到一台巨型的电视、收音、电唱一体机。这倒不是说它屏幕很大,而是很占地方。要想把它放好,至少要离墙一米远。

我跑过去凑近细看。我敢肯定这是爱德蒙牌的,产于二十世纪五十年代。木制柜体的划痕中积攒着几十年来的灰尘,喇叭上的罩布破成了碎片。但愿内部的状况会好些。电视机和电唱机没有多大用处,但收音机里可能正巧有我需要的零件。

我拿出手机,想给外公发条短信。这部手机就是他在这里赶在别人买走之前为我买来的。我打了几个字,才回过神儿来。我经常想要告诉他某件事情,然后才想起他已经不在人世了。接着,我会为自己忘记此事而难过。难道我不该一直想起他吗?难道我不该一直怀念他吗?

我删掉刚才编辑的内容,改成"但愿您还在我身边"。虽然明知他收不到，我还是点击了"发送"，才把手机放回衣袋。他似乎离我很近，仿佛我只要发条短信，就能让他知道我在想他。"我没有忘记您。有时候，我只是忘了您已经不在人世。"

我可以晚些让哥哥特里斯坦开车带我过来，拉走这台机器。不过，等到那时，它有可能已经被别人拉走了。假如我让爸爸妈妈去拉，他们很可能会问我为什么没有直接回家，而是去了莫伊废品站。

我可以让莫伊帮我留着。他对我再了解不过了，所以只要片刻工夫，我就能让他明白我对这台机器很感兴趣。但是，等我跑进被当作办公室的拖车时，才发现情况和平时不太一样。坐在桌子后面的不是抽着雪茄的莫伊，而是一个比特里斯坦大不了几岁的家伙。他坐在那里看着电视，而电视里的人们正在拿椅子互殴。他身穿蓝色工作服，工作服的名牌上写着"吉米·乔"。

吉米·乔见我来到门口，站起来说了些什么。我从不喜欢和不认识的人讲话。但现在事出紧急，我只得勉为其难。不过，我说的"讲话"不是真讲，而是指"在纸条上写字"。我讨厌人们听不懂聋人的口音时望着我的那种眼神。我不清楚自己讲得好不好，所以宁愿不开口。再者，我向来不喜欢自己的声音。虽然我很喜欢收音机喇叭发声的振动感，但喉头的振动还是让我恼火，仿佛那里就不该出现声音一样。这就像我虽然喜欢电子产品，但不喜欢戴助听器。

我把笔记本放在桌上,匆匆写下两句话:"你能把那台爱德蒙牌一体机留给我吗?我晚些过来拿。"

他看看笔记本,又看看我,脸上满是疑惑。我指着自己的耳朵,又摇摇头,好让他明白我的双耳就像这里的所有东西一样,不太好使。

他和大多数人一样,立即瞪大了眼睛,然后便是片刻慌乱,仿佛他们不确定该怎样对我,或者怕我会对他们大发脾气一样。

"你能读懂唇语,或者能讲话吗?"他指了指自己的嘴唇,又指了指我的。

"我兴许可以,"我想,"可你直接看看本上的字,不是更简单吗?"于是,我拍了拍他手中的笔记本。

他回过神儿来,指向窗外。"那台机器不能用了。"他大张着嘴,一字一顿地说。他很可能提高了嗓门儿,一边摇头一边摆手,竭力想让我明白。

我忍了忍没翻白眼。我当然知道这台机器不能用了。就算它还能用,也派不上什么用场。这种带有老式天线的电视机很多年前就收不到信号了。

我拿回笔记本,在上面写道:"我想要零件。"

他看完以后,眉毛挑得老高,刚才诧异的表情不见了,转而变为一脸钦佩。

"我问问爸爸,"吉米·乔写道,"他去看医生了,很快就回来。"

原来莫伊是他的父亲。从我每次光顾废品站的经历来看,莫伊每天早上都要来一罐啤酒和一个从"牛倌"店里买来的猪肉三明治,再抽上一支雪茄,所以他真该去看看医生,关注一下身体情况,只可惜他去的不是时候。

我接着写道:"告诉他我是艾莉丝,谢谢!"当吉米·乔看纸条时,我另外从笔记本上撕下一页纸,在上面写好自己的姓名,又从办公桌上的胶带卷上扯掉一段胶带。没有等吉米·乔回答,我便跑了出去,将艾莉丝·贝利的大名贴在了那台爱德蒙牌一体机上。它是我的了。尽管我惹上了大麻烦,可回家的路上我还是很开心。

7

我到家时，特里斯坦还没回来，但更重要的是，妈妈也没回来。看来在她回家教训我之前，我还有机会修好收音机。

我跑上楼，来到自己的房间。三面墙的架子上都是我收藏的收音机。我很快就得再添一个新架子了。我用一扇旧门做了一个工作台，上面堆满了各种工具、电子零件和电线。妈妈说我房间里乱七八糟，简直像机器人工厂爆炸了一样，但我十分清楚什么东西放在什么地方。

在发现我会修理旧收音机时，大部分人会感到很惊讶。不过，那是因为他们没有察觉声波的振动。只要声音足够强，它就可以撼动一切。声波可以击碎玻璃、摇撼地面，甚至震聋一头鲸鱼。

即便声波不强，收音机也会振动，所以我仍能判断它是否能用。我只要把手放在扬声器上，声波的振动就会让我明白，收音机是悄无声息，还是在播放音乐，或者是在静电干扰下噼啪作响。

我并不在乎自己能不能听收音机，但架子上的每一台收音机都是一个提醒，提醒我做对了某件事。在我动手修理之前，它们全都坏掉了。因此，每当我修好了某个东西，那感觉简直就像赢了一场比赛。

我坐在床边，抚摸着菲尔科 38-690 柜式收音机的一侧。每天早上离家前和每天下午回家后，我都会这样做。在我收藏的所有古董收音机中，我对这台情有独钟。它高约 1.2 米，所以只能放在地上，而不是像其他收音机那样被摆在架子上。这个品牌始于二十世纪三十年代，以我的专业经验来看，它是有史以来最好的收音机品牌。但这个公司只生产过三千台收音机。

长久以来，我只在照片中看到过菲尔科 38-690。直到有一天，它突然出现在贡纳先生古董店的柜台后面。当贡纳先生说准备把它丢掉时，我很惊讶。没错，它外观粗糙，看起来的确很糟，但我不想让贡纳先生把它扔掉。于是我问是否可以把它拉走，作为报答，我会对其进行维修。他说那不公平，所以付了我修理费，并且把收音机送给了我！这样一来，我觉得自己有点儿像在偷一个老人的东西。尽管贡纳先生有可能改变主意，但我还是告诉了他，如果我把那台收音机修好，它会值多少钱。也许他根本不清楚，自己拥有的是什么东西。

他拍了拍收音机被剐坏的木制箱体，顿时尘土飞扬。"如果你能把这家伙修好，它就应该归你。"

随后，我花了五个月的时间，设法让这台菲尔科起死回生。最终完工时，静电干扰的嗡嗡声在我的掌心上颤动着。只要轻轻转动旋钮，喇叭里的音乐就会顺畅流淌，那节奏会振动整个音箱。假如

有人问我，为什么抱着收音机坐在那里痛哭，我也不知道该如何解释。我忍不住想，多少年来它静静地待在那儿，身上落满了灰尘，离被丢进垃圾堆只差一步，因为没有人认为它还值得一听。

我常会打开这台收音机，整晚都不关闭，即使明知这样会缩短它的寿命。躺在床上时，我会伸出一只手，一边感受收音机的振动，一边浮想联翩，猜测是谁在里面歌唱，谁又在侧耳聆听，然后沉沉睡去。

地板微微一震，我知道妈妈正在上楼。我坐在那里，等着接受即将到来的惩罚。我大概很长一段时间不能使用手机，或者去找好朋友温德尔了。

门打开后，我转向妈妈比画道："我知道，我惹了大麻烦，可——"

我还没来得及向她解释学校里发生的事根本不怪我，她就指了指屋子四周的东西，打手势说："这些全给我拿出去。"

"什么？"

"要是你想的话，可以用床单和毛巾把它们包起来，但是等特里斯坦到家后，你得帮我们把这些东西都搬到车库去。"

我抓住菲尔科收音机的边缘，仿佛这样就能把它留在身边似的。"不行，这样不公平！"

"你说过不会再惹麻烦的。我早就警告过你了。"

"我不知道您会没收我的收音机。"我挥动手臂,指着我的藏品说,"我不知道您会拿走我的一切。"

"不要小题大做。这怎么会是你的一切呢。不管怎样,"妈妈接着说道,以免被我打断,"我们必须采取措施,好让你长点儿记性。也许只有我们要求你必须学会循规蹈矩,与人和睦相处,你才会认真对待。那个女生的父母很生学校的气。"

"这不是学校的错,也不是我的错。他们应该生自己的气才对,因为他们养了个烦人的女儿。"

"不可能每一次都是别人的错吧。如果有人让你感到厌烦,你可以想出更好的办法去解决问题。"

"您说得容易。要是大家都不理我,我能有什么好办法?"我打手势时碰到了脸颊,温热的泪水沾湿了指尖。我在牛仔裤上擦干双手时,突然想起那台爱德蒙牌一体机。真不敢相信自己竟然忘了这件事。一定是因为听到妈妈要没收所有收音机,我的大脑短路了。

"我要去废品站拉一台电视机。"但愿她不会问我什么时候去的莫伊废品站。无论如何,我总得试试看吧。

"不行。我们不会再去给你拉什么新东西,这些藏品你也不准再碰。反正你的废品已经够多了。"

问题不在于我已经有多少废品,而是我手头没有所需的零件了。我想要解释给妈妈听,可她已经转身准备离开。谈话到此结束。

她走出屋门前,我挥了挥手,好引起她的注意。"我什么时候能拿回这些东西?"

"从星期一开始,每次只能拿回几样。"

"那我周末干什么?"

"你可以去找温德尔,我们星期六要去看外婆。你只是不能再碰那些电子设备,其他事情都可以做。"

我哪还有什么其他事情可做。

特里斯坦回家后,告诉我不用帮忙搬东西。他知道我会有多伤心。"我和妈妈会处理好的。"他说。

我摇摇头,把一部较小的收音机塞进枕套里。"我可以的,不过谢了。"我的确不想帮忙,可还是想在这些收音机被搬走之前再摸摸它们。

在把所有收音机搬到车库后,我回到楼上的房间,但房间已经面目全非。架子上空空荡荡的,工作台上也空无一物。几个小时前,上面还堆满了各种零件,现在只剩下一层薄薄的灰尘,灰尘勾勒出原先摆在那里的物品的轮廓。床边的地毯上也留有一块印痕,那台菲尔科收音机已经不在了。

我在床上面朝墙躺下,这样就不用看着空荡荡的房间了。

片刻之后,特里斯坦过来看我。他坐在床边,摸了摸我的肩膀。

我转过身。

"你还好吗？"他打手势问。

我仰面躺着，用手势告诉他："不好，我不可能好了。"

"真遗憾。"

"这不公平。我需要那些东西。我可是在为贡纳先生工作呀。他们怎么能禁止我工作呢。真气人！"

"没错，我也是这么跟妈妈说的。我想他们是希望你能多跟其他人接触，而不是整天摆弄收音机。"

"我也跟其他人接触呀。"

特里斯坦没有回答。或许他不相信我的话，因为他总是跟朋友们有忙不完的事。

"不过就是几天嘛。"他安慰道。

"可我急需一台机器。妈妈不让我去拉，就算我答应不去摆弄它，也不行。"

"机器在哪儿？"

"在莫伊那儿。"我坐起身，"你能帮我去拉吗？求你了。那是一台柜式一体机，看起来挺沉的，不过你这么强壮，一定能把它搬到卡车上。"

他好像是说"嗯……"，然后伸手捋了捋头发。他跟我不一样，手指不会被头发卡住。他长着顺滑的浅棕色头发，和爸爸很像，而

不是像我和妈妈那样长着浓密的黑色卷发。我没有遗传妈妈的褐色皮肤，而是继承了爸爸苍白的肤色，太阳一晒就会变得粉粉的，还会冒出更多雀斑。

"求你了。"我再次打手势说，"你知道里面有多少真空管吗？"

"不知道。有多少？"

"我也不知道，但足够用了。我会查清楚的，还有里面的管座、电线、变压器、管帽……"

特里斯坦哈哈一笑，举手表示让步，而这个姿势恰巧和"让步"的手语差不多。"好吧，好吧。那接下来怎么办？难道你以为爸妈就不会发现吗？"

"先藏进车库，和其他东西混在一起，然后等他们不在家时，我们再把它搬到我的壁橱里。"

"嗯，等一下，我马上回来。"他攥紧拳头，就像握住什么东西一样，意思是"等一下"。他不是像其他人那样伸出食指一指，表示"等一分钟"，然后一去不复返。特里斯坦知道我不喜欢那样。

几分钟后，特里斯坦走了回来，站在门口冲我挥手："我们走吧。"

"我也去吗？去哪儿？"

"刚才我把剩下的牛奶一口气喝光了，然后告诉妈妈我要去买牛奶。"

我跳起来,蹬上了鞋子。我们要买的可不只是牛奶。

在被废品站当作办公室的拖车里,莫伊像往常一样坐在办公桌后。

"您看过医生了吗?"我问。

特里斯坦说出我的问题后,莫伊答道:"我像马一样,健壮得很呢。"

我是不会骑这匹"马"的,但我没有让他知道。"那台爱德蒙牌一体机多少钱?"

虽然有特里斯坦在,但莫伊还是像往常那样跟我沟通,一只手竖起两根手指,另一只手竖起五根手指。

我明知他是说二十五美元,却还是假装考虑了一会儿,仿佛并不着急似的。其实不管他开什么价,我都会立即买下。我修理收音机攒下不少钱,都装在一个信封里。出门前,我从信封里拽出了两张十美元钞票。

我一只手竖起两根手指,另一只手比出"0"的形状。

莫伊点点头,冲我竖起大拇指。接过二十美元后,他跟着我们来到外面。他帮特里斯坦搬起那台爱德蒙牌一体机,装到卡车上。我跟莫伊握握手,又拥抱了特里斯坦,然后才跳上副驾驶座。一路上,我竭力忍住笑意,以免妈妈对我产生怀疑。

我们驶入车道后,我拍拍特里斯坦的肩膀,打手势说:"牛奶!"妈妈可以为我们出来这一趟是为了买牛奶呀!他把车倒出车道,匆忙赶往加油站的商店。

"还想买点什么?"走进商店后,他问我。

"我的毛毛虫软糖快没了。"我回答。

他捏了一下我的肩头,比画道:"想要什么尽管拿。"

最棘手的是回家以后怎么办。特里斯坦总是把车停在路旁,因为车库只能容纳两辆车,里面已经停了一辆,旁边还堆放着许多杂物。我们把一体机放在一个压扁的纸板箱上,推进了车库。中间我胳膊累得受不了,停下来歇了好几次。最后,我们顺利地把它放到了角落,还在上面盖了些车库里乱七八糟的东西。明天,它就会被挪进我的壁橱,那里才是它的安身之所。到时候,我就不会再感觉房间里空荡荡的了。

8

因为要接受惩罚,这个周末我过得比意料中的更惨。好友温德尔和家人一起出城了,所以我不能再去他家。特里斯坦和一个叫亚当的朋友帮我把那台一体机搬进了壁橱。我会不时打开柜门,悄悄看它一眼,但现在还不能拆解它,因为我的房间被扫荡一空,连一把螺丝刀也没留下。

我拿着手机躺在床上,上网搜索那头鲸鱼的信息。自从阿拉米拉老师在班上播放了那段视频后,我一直想着 Blue 55,还有那些试图给它安装追踪器的人。

我记不清视频上那个动物保护组织的名字了,但输入 Blue 55 的信息后很快便搜到了。

在该组织官网上的"认识我们的居民"一栏内,刊登着住在那里的每一个动物的照片以及详细介绍。它们要么是因为受伤或生病被动物保护人员发现,要么是在水中或海滩上被人们看到后打电话求助,送来这里的。在恢复健康回归自然之前,这些动物有的生活在被围起来的海域里,有的生活在室内游泳池中。它们大都是鸟类、海豹和海狮。其中有一只海豚,如果不能赶在阿拉斯加入冬前将其放归自然,它就只能暂时搬入室内了。

还有一些动物会永久留在保护区。一只老鹰因单眼失明无法在野外觅食，但它可能并不明白为什么自己不能再到户外翱翔了。几只水獭孤儿住在一个室内外连通的游泳池内，它们很小就失去了母亲，没能学会生存本领，所以也要长久地住在这里。我很想知道，那些成年后被收养的动物是否还记得昔日的家园。保护区的工作人员会在发现它们的地方就近将其放归自然，希望它们能找到自己的家人。不过，这一点谁也不能保证，它们只能依靠自己。

在"员工风采"的网页上方有一张照片，照片上一些身穿浅蓝色衬衫的人手拉着手，笑吟吟地站在保护区门口。下面有一行文字，注明这就是去年为 Blue 55 安装追踪器的科考队。

在浏览了几个帖子后，我找到一篇关于为 Blue 55 安装追踪器未果的文章。人们想给它装上追踪器，不仅是为了了解它所在的位置，还可以收集一些信息，比如它的心率、它的声音。如果安装成功，工作人员就能在网站上分享它的信息了。我真希望他们能够成功，这样他们就可以将录制的声音放到网上，而我就可以通过电脑的喇叭感受到 Blue 55 的歌声和心跳了。

在一张照片上，Blue 55 的背脊露出了水面，旁边是一艘小船。船头有个平台，两边带有护栏。一个头戴绒线帽、身穿绿色羊毛衫的女子站在平台边缘，向 Blue 55 伸出了一根长长的金属杆。如果她再把身体探远一些，很可能就会翻出护栏，落入海中。这张照片还配有文字:"功亏一篑——在保护区工作人员安蒂·里维拉安装追踪器前,Blue 55 潜入了深海。"

金属杆末端的追踪器掠过鲸鱼背部。安蒂愁眉不展,大概是累坏了,也可能是出于失望。在另一张照片上,当 Blue 55 潜入深海时,在它巨大的尾鳍下方,海水如瀑布般倾泻而下。安蒂眼看就要成功了,可它还是逃之夭夭了。也许只因为她是科学家,所以她才会对这头鲸鱼感兴趣,竭尽全力想要接近它。不过,也可能是因为她真的很关心 Blue 55。

假如 Blue 55 按它平常的路线游,它很快就会到达保护区附近了。一篇新帖称,工作人员将再次尝试为它安装追踪器。文中没有说下一次他们会采取哪些不同的措施,以便在它离开前尽量靠近它,并安装追踪器。也许他们会设法让它多停留一会儿。

页面底端还有一个链接,可以让人们进一步了解该组织与 Blue 55 交流的相关信息。文章用钢琴的琴键来讲解鲸鱼发声的频率。假如你坐在一架钢琴前,敲击最左侧的琴键,也就是声音最低沉的琴键,其频率为 27.5 赫兹。这就是大多数须鲸发声的频率。有时候,它们还会发出频率更低的声音,比如 20 赫兹或 10 赫兹,但钢琴上找不到能弹出音调如此之低的琴键。从左数第十三个琴键发出的声音为 55 赫兹,这就是 Blue 55 发声的频率。正因为发声频率的差异,它无法与其他鲸鱼进行交流。

我已经想到一个与它建立联系的办法。我从书桌上抓起一张纸,草草写下几行字。虽然我不知道具体如何操作,但是那些想给 Blue 55 安装追踪器的人或许能想办法发出类似的声音,以吸引它的注意。

我一边写,一边冒出一个念头,这个念头险些粉碎了我的计划。也许 Blue 55 就像海滩上的那头塞鲸一样,只不过它找到了生存下来的方法。

在有关与 Blue 55 交流的帖子下,我浏览了评论区,想要看看是否有人跟我有相同的想法。截至目前,还没有人提到这一点,于是我返回网页上方,留下了一条评论。

也许这头鲸鱼也有听力障碍。

9

星期六,在前往橡树庄园看望外婆的路上,特里斯坦拍拍我的肩膀,比画道:"饿不饿?"他满脸笑容,好像发生了什么有趣的事。

我确实饿了。"嗯,你怎么知道?"

"你肚子咕咕直叫,响得像飞机发动机。"

我朝他笑了笑,用双手捂住肚子,想要压低咕噜咕噜的声音。"才不会呢。飞机发动机的声音超过100分贝。"不管我肚子里的咕噜声有多响,分贝值肯定没有那么高。

那天早上,我紧张得吃不下饭。一般来说,我很乐意去看望外婆。除了温德尔,我只跟她一个聋人交谈。

但是近来,我们俩的谈话好像需要借助某种纽带。我们其中一人会先说些什么,然后越聊越没意思,最后只好再想出一个新话题来。过去,我和外公外婆在一起时,我们仨会比画个不停,一边谈论生活中的种种琐事,一边为只有通晓手语的人才能看懂的玩笑和故事开怀大笑。或许外公就是外婆和我之间的纽带,但直到他过世后,我们才意识到这一点。

几个星期前,外婆刚刚搬到橡树庄园。在此之前,她一直住在

和外公一起生活的地方。外公去世大约一个月后，我们去探望她时，她既没有应门，也没有回信息。她的车也不在车库里。

我们用妈妈手里的备用钥匙打开门，四下寻找外婆。我检查了书房。书桌上摆着我用旧酒瓶给她做的台灯，里面装满了我们俩在海滩上捡来的贝壳和海玻璃。台灯旁放着外公和我垒沙堡的合影。

"外婆，您在哪里？"我抬头望着墙上一张加框的照片，感觉答案就在那里向我招手。照片上，一头鲸鱼在大海中游弋，下方写着外婆最爱的小说——《白鲸》里的一句话。

接下来发生的事情，我不会全部知晓，但无论发生什么，我都会笑着面对。

我在外婆的房间里找到妈妈，她正拿着手机坐在床上。

"她也许到海滩上去了。"我推测道。

妈妈摇摇头："她不会开那么远。我正打电话给她的朋友们，看看他们知道些什么。她肯定不会有事的。"在她把我拉入怀中前，我瞥见了她脸上的表情。跟我感觉的一样，她脸上写满了担忧。

爸爸报了警。

一个小时后，警方打回电话。他们在一百六十公里外的墨西哥湾沿岸找到了外婆。当时，外婆正在我们过去居住的那片海滩上独行。

到家以后，外婆想要向我们解释。她说自己之所以离开，是想学《白鲸》里的以实玛利①。有时候，她实在受不了十一月阴雨连绵的天气，便需要到海边转转。外婆说，过去她常和外公一起出行，大家不必大惊小怪。

"您为什么不告诉我们一声，让我们知道您去了哪里？"妈妈问道。

"因为你们肯定会劝我别去。"这话倒也没错。

妈妈最终说服外婆搬到橡树庄园，那是一个专门为老年人修建的公寓区。外婆说去就去吧，反正家里房子太大，一个人打理不过来。我可不相信她这话。她看起来十分脆弱，仿佛不想再继续抗争了一样。有时候，这也许是最轻松的选择。

爸妈答应夏天工作不忙时，会带她到海边转转。

有时候，我会担心外婆能不能撑到夏天。离十一月已经过去三个月了，但她似乎仍被困在那阴雨连绵的日子里瑟瑟发抖。这件事我也帮不上忙。

在走进橡树庄园的玻璃滑门前，妈妈紧紧抱住我，这个拥抱比平时要略长几秒。接着，她退后一步，理了理头发，打手势说："我爱

---

①以实玛利是小说《白鲸》中的一名水手，因为感到岸上的生活无可留恋，于是离开家，决心到海上去做一次捕鲸航行。

你。"每次探望外婆时,她都会这么做,不过她只拥抱了我,没有拥抱特里斯坦。

"我也爱您,妈妈。"

特里斯坦和我跟着爸爸一起上楼,妈妈则要先到社工办公室去,她想问问社工,外婆有没有交到什么朋友。

我们来到外婆的公寓时已将近正午,但她似乎刚刚起床。她穿着一条宽松的运动裤和一件很可能已被她当作睡衣的灰色T恤。在拥抱了每一个人后,她请大家进去坐。

"你妈妈呢?"她问。

"她正跟楼下的社工说话。"我回答,"一会儿就上来。"

外婆微微一笑。"肯定在说我这个老太婆有多不听话。"

"原来艾莉丝不听话是跟您学的。"爸爸说完,被自己的笑话逗笑了。

外婆坐到我身旁的沙发上问:"你在学校里过得怎么样呀?"

"还那样。"我回答。

"听你这么说,我真遗憾。"她扭头看着爸爸,打手势道,"或许可以让艾莉丝转到布里奇伍德来,跟听障学生一起上课。"她对爸爸打手势时,会放慢速度,还会发出声音。她能够听到一些声音,认识她的人也大致能够听懂她的只言片语。爸爸一直学不好手语,虽然他也能比画明白,但我们之间很难展开真正的对话。我并不指望他的手语能像妈妈那样好,毕竟妈妈的父母都是聋人,她还不会说话时就已经会打手语了。我只希望爸爸能多花些精力学习手语。他总说自己更擅长数字而非词语,所以很难学会一门新的语言。现在,他又有了一个不太容易沟通的孩子,所以更是难上加难。

我屏住呼吸,想看看爸爸是否会同意外婆的提议。布里奇伍德区有一个大型听障人士教育基地,距离我们的住处约有二十分钟车程。临近三个学区的听障儿童,包括我的好友温德尔,都在那里就读。可妈妈坚持让我跟"左邻右舍的朋友们"一起,到橡树学校上学。我早就告诉她我在附近根本没有什么朋友,可这无济于事。这是我们刚搬到镇上时她就制订好的计划,所以要坚持到底。

每隔一段时间,外婆都会提及让我到布里奇伍德上学的事。这一次妈妈不在,不会再有人非要我跟熟悉的孩子一起上学,也许爸爸会赞成外婆的建议,反正这两种选择他都不怎么反对。如果他认为外婆的主意不错,也许他会跟妈妈谈起此事。

爸爸一边说了些什么,一边打出两个手势,好像是"想"和"船",然后挥了挥手。把他的手语和唇语拼凑到一起,我猜他是在说:"我想船已起航。"他很喜欢打比方,但这些比喻在手语里大都讲不通。一般来说,如果我在书中读过这个词语,或者他经常说到这个词语,我也能明白他的意思。有时候,手语和英语里的表达类似。比如,你作势从头上拽出一根头发,其含义与英语里的"一发之

差"意思相同。但多数情况下,两者的表达并不一致。

"您说的是什么意思?"我不明白他为什么认为转学为时已晚。难道只是因为我在那里待了很久,所以就该继续留在同一个地方?

"没什么,"爸爸比画道,"这不重要。"他看着外婆,又说:"艾莉丝在这所学校已经习惯了。"

我顿时满脸热汗,大概是一副面红耳赤的样子。在谈到我上学的事时,爸爸竟然不让我听。比起人们在我身边相互攀谈,在谈起我时对我本人视而不见,更令我恼火。

"是吗?"外婆问。她似乎并不需要爸爸回答,而是把目光投向了我。

我凑上前去,挥了挥胳膊,好让爸爸重新看着我。"这对我很重要。"

"你知道,他的意思是说为时已晚,就像'火车已开走'那样。"特里斯坦打手势说。

"我知道。"我回答,"我是想问,爸爸为什么会这样说?"

"火车吗?"爸爸问。

我忍住没有学着他刚才的样子比画说"没什么,这不重要"。

"您忘了吗?在手语中,您不能说'船已起航',"特里斯坦答道,"而应该说'错过了登船的时机'。"

"我以前也跟您说过这个,"我告诉爸爸,"但这不是重点。"他为什么会说"船已起航"？反正我明年就要上初中了，难道就不能搭上另一艘轮船或火车，与那些能跟我交流的人待在一起？

妈妈拿着几张传单走了进来。

"您好呀，妈妈。"她一边打着手势，一边来到沙发前拥抱了外婆。

外婆微微一笑，比画说："我就知道，我又有麻烦了。"

"您没有麻烦，"妈妈说，"不过我希望您多参与社交活动。总是独来独往可不好。"

特里斯坦坐在沙发前的地板上，从妈妈手里接过一张传单。

"我知道。"外婆说，"我就是什么也不想做。改天我会出去走走的。"

"瞧，"特里斯坦指着日历上的活动内容说，"这里的活动真不少呀。电影之夜，各种游戏，还能到动物园参观呢。"

"没有了外公，一切都不同了。"我在想。

爸妈之所以想让外婆搬来橡树庄园，除了因为这里的社工会帮忙照看她，还因为这里有一个聋人团体，他们会在一起开展活动。外婆只是和其中一两个人交谈过，仅此而已。外公外婆在一起时，总是开朗风趣。如今外公不在了，她失去了所有活力。

外公外婆是在上大学时结识的，他们加入了同一个聋人戏剧小组。有时他们表演的戏剧要全程使用手语，对于用手语表达有障

碍的部分,会有译员将其翻译出来。有时,他们会与演员一起排练数周,并且为戏剧充当手语翻译。两人将戏剧角色演绎得活灵活现,喜欢看他们表演的不只是聋人,所有人都喜欢他们。总之,这就是他们讲给我的认识过程。

妈妈把外婆的一绺儿头发捋到脑后。"您可没好好照顾自己。"妈妈从浴室拿来一把梳子,坐在外婆另一边,示意她转向我,好为她梳头。在我的记忆中,外婆一头银发,光滑柔顺,像瀑布一般。可如今这银白的"瀑布"却处处打结,也不知她多久没梳过了。

我摩挲着项链上的Z形闪电。一切仿佛昔日重现,我们虽然近在咫尺,中间却仿佛隔着墨西哥湾。

也许我能想出一个办法,让外公重新在我们之间架起桥梁。

"玩手语游戏吗?"我问。

外婆摇摇头:"你外公最喜欢玩这个了。"

"现在我们也可以玩呀。"说完,我等着她反驳。

"好吧。用什么手势?"

我伸出两根食指。

外婆点点头,示意我先来。

我抬头在空中画了个太阳,眯起眼睛,表示阳光明媚。

外婆也抬起头,接着摇摇头,用手指着嘴巴表示:"没看见太阳。"

好吧,那就晚上吧。我在空中画出一颗星星。

外婆接着比画道:"天上只有这一颗星。"

在其他那么多手势里,我为什么不能挑一个不带孤独色彩的?我真想抹去刚才的一切,张开双手捧出满天星斗,可这样一来就会违背我自己制定的规则。我只能将计就计。

我抬头佯装望着那颗星星。"瞧,还有一颗流星呢。"我画出了它划过天空的轨迹。

外婆指着这颗流星,用手势表示它越走越远,然后又指着天上那颗孤零零的星星。

轮到我了。我用手势表示两个人正肩并肩前行,其中一人指着星星,两人都笑吟吟地抬头仰望星空。

轮到外婆时,她让其中一人飞向空中,与星星为伴,留在地上的那个人依旧形单影只。

我可不希望故事就这样结束,让站在地上的那个人独自望着星星,但我也想不出来该如何接下去。

我输了。

10

从外婆那里回到家中后,我看到在保护区的网站上,我的评论有了回复。

好主意,艾莉丝。我们也对此感到好奇,但我们认为如果 Blue 55 有听力障碍,那它根本就不会发声。但有时它会游很远,去寻找其他鲸鱼,这说明它似乎能够听到它们的声音。或许它只是不能准确分辨音调,不知道自己与其他鲸鱼的声音不同。或许出于某种原因,它无法发出同样的声音。

也有时候,它会一连数周不见踪影,我们担心它是否已经放弃(或者已经死亡),但很快又会听到它的鸣叫声。它似乎在努力进行交流,只是没有谁能听懂。

原来它并没有听力障碍,它只是跟身边其他鲸鱼的叫声不同。

在继续阅读下面的内容之前,我再次查看了科考队的照片,想知道是谁回复了我的信息。回帖顶端的姓名是"安蒂·里维拉"。安蒂就是照片中的那位女士,一年前她曾试图为 Blue 55 安装追踪器。在这张照片上,队员们身着浅蓝色衬衫站在一起,而她显得尤为突出。她长长的黑发向后梳成马尾,看上去笑得很开心。不知是因为烈日还是冷风,她棕色的脸颊变得绯红。

我们可能永远也不会知道鲸鱼为什么会歌唱,但作为一名科学家,我从未停止过思考和探索。至于 Blue 55 的歌声为什么得不到其他鲸鱼的回应,则是一个更大的谜题。或许它只是喜欢歌唱,至于它唱的是否和大家一样对它来说并不重要。许多人认为 Blue 55 很孤单,但我想,人们之所以这样想,是不是因为人们自己感到很孤单?

11

谢尔顿校长没有忘记道歉的事。她曾经告诉康恩老师,在我回班上课前,必须先向尼娜道歉。虽然这事全怪尼娜,可我总不能说"对不起,你太烦人了,所以我才要推开你"。

查尔斯先生和我一起走到尼娜的桌前,替我翻译了手语。"对不起,我伤到你了。"

她勉强一笑,打了个手势,那意思好像是"馅儿饼"。

"没关系。"查尔斯先生在纠正她时,竭力咬住了嘴唇。

当天下午回家后,我立即冲上楼。我终于能够拿回自己的收音机了。尽管只是一小部分,那也足够我开工了。我在卧室门口站了片刻,环顾着架子上被放回原位的几台收音机。

我得先整理一下工作台。妈妈把工具和零件还给了我,但她不知道它们原来放在什么地方。那台爱德蒙牌一体机太沉了,我拖不进房间,所以干脆拿着螺丝刀,挤在壁橱内。打开背板后,我盯着里面布满灰尘的零件,呆坐了一小会儿。要是不用戴着厚厚的胶皮手套,我的工作速度会快很多,可我答应爸妈工作时我会一直戴着。无论是否插电,我修理的这些旧收音机并不像新款的那样安全。过去在生产它们时,如果有人被电死,只能怪他们自己犯了愚蠢的错误。

我只看了一眼，就知道其中至少有两个真空管已经损坏。虽然玻璃管上没有明显的裂痕，但内壁覆盖着一层白蒙蒙的东西，所以我知道该将它们扔掉了。把它们挂在圣诞树上一定很漂亮，可我还是把它们丢进了垃圾箱内。妈妈早就说过，家里用坏真空管做的装饰品已经够多了。

事实证明这台旧机器买得很值。经过一番清洗和测试，我获得了五个完好的真空管。

不过，我不敢保证它们能安进珍妮斯收音机。有时候，一些零件明明看起来很合适，可就是装不上。

但情况还不错，我顺利地将真空管装到了它们应该待的位置上。

在拧上珍妮斯收音机的背板前，我再次检查了所有零件，然后才插上电。接着，我站在那里欣赏着这台收音机。每当我确信自己修好了一台收音机时，我总会等上一会儿才打开开关。那种感觉就像拿到了一本好书，在阅读最后一页之前先合上片刻，好让自己回味一下。

现在来看看我到底有没有修好吧。我把收音机打开几秒钟，然后关上，并退后一步。没有冒烟，可见里面没什么东西爆炸。空气中没有任何异样，只有一股旧收音机的味道。这是我最喜欢的味道，

会让我联想到阁楼、篝火和贡纳先生商店里的古董书。书上讲,这只是收音机里的零件和灰尘在通电后温度升高所散发的气味,但对我来说不止如此。这台收音机仿佛在怀念它昔日所停留过的每一栋房子。

我走上前去,再次打开收音机,然后把一只手放在扬声器上。静电干扰的嗡嗡声在我的手指间微微颤动着。快好了。我轻轻转动旋钮,颤动的声波流淌而出,里面一定是在播放音乐。

我一般不会顾及音乐的声音。但是这一次,我没有把手从收音机上拿开,而是猜想这首歌中是否有哪个音符能让喇叭产生与 Blue 55 相似的声音。

我打开电脑,想要搜索关于这头鲸鱼的更多信息。一个关于鲸鱼迁徙的网站跳了出来,上面附有许多地图,显示不同种类鲸鱼一年内所游过的海域。每到夏天,很多鲸鱼都会在加利福尼亚州或阿拉斯加州附近停留,因为那里可以捕捉到食物。随着天气转冷,它们会游回夏威夷、墨西哥湾或者其他温暖的海域。

最有意思的是科学家们绘制这些地图的方式。一些鲸鱼身上安有追踪器,就像安蒂想给 Blue 55 安装的那样。但科学家们之所以能够了解大多数鲸鱼所处的位置,是因为世界各地的大洋里安装的水下麦克风。他们只需要倾听鲸鱼的歌声,就知道这是哪种鲸鱼发出的,然后就可以将其迁徙路线绘制到地图上,比如马萨诸塞州有一群座头鲸,或者挪威有一群小须鲸。鲸鱼的歌声就像它们在大海中留下的足迹。

即使鲸鱼身处遥远的地方,这种方式也同样管用。声音在水中传播的距离大于在空气中传播的距离,因此人们在上千公里以外甚至更远的地方,也能听到鲸鱼的叫声。

Blue 55 有一张属于自己的地图。它的迁徙路线和其他鲸鱼一样,只不过时间不同。有时候,它的路线会出现中断,因为麦克风没能搜集到它的声音。要么是它没有发出叫声,要么是海底的其他噪声压过了它的歌声。在这张地图上,蓝色虚线是科学家们对它所处位置的合理猜想。

有时候,它也会沿着一条与其他鲸鱼完全不同的路线前行。其他鲸鱼会靠海岸线南下或北上,因此地图上的路线平缓流畅。而 Blue 55 的前进路线参差不齐,它会沿一条路线出发,接着不知出于什么原因便改变方向,来到初始路线的一旁,或者向回游去。

我用手指顺着这条蓝色的路线前行,心想:"你究竟在寻找什么?"

每张地图下都附有不同鲸鱼的歌声。我点开一个音频文件,曲线图中的彩色线条便上下起伏,显示着歌声中的不同音量和频率。

我跑下楼去,在妈妈的电脑上打开同一个网站,因为这台电脑连着音箱。我打开声音,把一只手放在音箱上,依次点开网站上的

音频。普通鲸鱼发出的叫声较为低沉,其振动比 Blue 55 的更强劲,不过差别并不是很大。真希望我能理解这些叫声,懂得它们在说些什么,或者至少可以明白 Blue 55 为什么不能与它们沟通。

长期以来,它一直在尝试与其他鲸鱼交流,却得不到任何回应,我无法想象它的感受。或许它仍在等待某种回应,又或许能听到自己的歌声,对它来说就足够了。

我仍把手放在电脑音箱上,闭上眼睛,感受 Blue 55 的歌声带给我手指的颤动。这种震颤与我此前在收音机喇叭里感受到的声音完全不同。它既不像音乐,也不像人声。

当 Blue 55 发出一声似乎无比悠长的鸣叫时,音箱稳定地颤动着,我的掌心阵阵发痒。接着,它换成了短促的叫声,音箱也变为有节奏的脉动。我仍把一只手搁在音箱上,另一只手放在胸口,我想看看自己的心跳和鲸鱼的鸣叫声频率是否相同。

在另一个网站上,我找到一张摄像师用水下摄像机为 Blue 55 拍摄的照片。它看起来和阿拉米拉老师为我们播放的那段视频中的样子很像。照片上显示了它脸部的轮廓,椭圆形的黑眼睛位于面部正中。自我上次看到它的视频并没过去多久,可我总感觉自己早就认识它了。我点击了打印键,准备把这张照片挂在自己房间的墙上。

当打印机开始工作时,我转动椅子,面朝窗坐着,看见特里斯坦和几个朋友正在车道边打篮球。他们运球、传球和投篮时,我的目光迅速掠过每一个人,想要弄懂他们的只言片语。不知特里斯坦说了些什么,惹得众人开怀大笑,他们纷纷与其中一个名叫帕布罗的男孩击掌。特里斯坦本打算投篮,但再次忍俊不禁,笑得更开心了。

我转向打印机,管他们因为什么蠢事而发笑呢。

我再次点开 Blue 55 的音频,一只手拿着它的照片,另一只手放在音箱上,感受着它的歌声。

12

当我拿着那台珍妮斯收音机走进店里时,贡纳先生冲我微微一笑。他正在收款,有顾客刚刚买下了一个面目瘆人的玩偶。我把收音机放在柜台上,等着他忙完。

"真的修好了吗?"顾客离开后,他问。贡纳先生过去留着浓密的八字胡,活像一头海象,因此他讲话时,我很难读懂他的唇语。现在,他的胡须修剪得十分整齐,不会再盖住上唇了。

我点点头,让他自己检查一下。有时,我以为自己已经把收音机修好了,但实际上还需要做些调整。我能够分辨收音机是否能用,但不总是能够辨别声音是否清晰。如果静电干扰过于微弱,我在扬声器上就感觉不到咔啦咔啦的颤动。

贡纳先生面露喜色,我知道收音机没有问题了。他一边晃着脑袋,一边开怀大笑,然后面朝我,好让我能看清他的嘴巴。为了把事情说清,他还用了几个从我这里学会的手语。

"我得承认,我原来还不确定,你到底能不能修好这台收音机。"他在电线上系好价格标签,把收音机递给我。我把它放在架子上,然后在店里转了一圈,想看看有没有什么自己需要的东西。虽然我不是店里的员工,但贡纳先生总是给我员工折扣。

我就是从这家店开始对电器产生兴趣的。外公和我会挑些旧台灯和玩具,然后带回家一起修理。有时候,我们会把几盏台灯上的零件拼凑起来,做成一个新的,就像我用旧酒瓶给外婆做的那盏台灯一样。很快,我不只是修修补补,而是开始自己制作东西。我用从莫伊废品站那里挑选的零件,自己做了一个闹钟,它每天清晨会摇动床垫,把我叫醒。我还为特里斯坦也做了一个闹钟。他当然能听得见铃响,只不过他睡得很沉,什么也叫不醒他。一开始,我把他的闹钟连到了一个卡车喇叭上,因此被吵醒的不只是特里斯坦,还有爸爸妈妈,他们俩说自己险些被吓出心脏病来。后来,我用一辆旧玩具警车又给他做了一个闹钟,时间一到,警车就会一边鸣笛,一边满屋子转悠,直到他起床关掉为止。

有一次,外公外婆挑选家具时,我看到了几台收音机。我按下开关,转动旋钮,想弄清它们的工作原理。贡纳先生竭尽所能,耐心地向我解释,时而指着收音机零件,时而在废纸上草草写下几行字。他甚至还好意送给我一台坏掉的旧收音机,让我回家仔细查看。在他把收音机交给我后,我兴奋不已,他举起一只手来,像是想要提醒我什么事情。"这可是个挑战。"他写道。

好吧,这话没错。可我不知道他的意思究竟是说,修理收音机对任何人来说都是个挑战,还是只对我是个挑战,因为即便修好了,我也听不见里面的声音。无论如何,我要把它带回家。那时,我

感觉良好,认为自己能修好任何东西,所以很乐意接受这个挑战。

他在纸上接着写道:"要想弄清某个东西如何运作,最好的办法就是先把它拆开,再把它装回去。"我不知道他为什么认为我很聪明,能够完成这个挑战,但他就是对我充满信心。

我费尽心力,好几次险些放弃,但最终还是修好了这台收音机。更为重要的是,我摸清了它的工作原理。从那儿以后,我修好了很多收音机,具体数字已经记不清了。如果那天没有陪着外公外婆去挑选家具,我会错过这一切。如果不是贡纳先生和他的商店,我也不会知道自己会如此擅长一件事情。

我放好那台珍妮斯牌收音机后,什么需要的东西也没找到,于是两手空空地回到柜台前。贡纳先生准备开支票支付我的维修费时,陈列柜中的一样东西引起了我的注意。我伸手拦住贡纳先生,接着轻轻敲了敲那件物品上方的玻璃。他笑了笑,从口袋里拿出钥匙,打开陈列柜,然后看了看我,以确定自己没有拿错东西。我伸出一只手,他把一个金色的圆形物件放在我的掌心上。

它看起来像是一只旧怀表。外壳上刻着大海,一头鲸鱼跃出水面,旁边还有一艘帆船。

我用指尖抚摸着鲸鱼黑色的轮廓。贡纳先生俯身过来,打开外壳。原来这不是怀表,而是一个指南针。

"还管用呢。"他打手势说。

一个指南针。这比怀表更有意思。我合上外壳,又摸了摸上面的图案,暗想它过去的主人是谁。既然刻着这种图案,我猜是一位船长。在电脑和卫星定位系统问世前,人们都是靠指南针和天上的星星导航。

我意外发现的这个鲸鱼指南针就像一个吉兆,或许它能给我带来好运,让我找到与 Blue 55 沟通的办法。我把它举到贡纳先生面前,好让他把指南针的费用从维修费中减去。

"这东西很特别吧!"说着,他在支票上签了名。在我离开前,他又问道:"愿意把那台菲尔科卖给我吗?"他用不着打手势或写字,我就明白他的意思,因为他每次都会问这个问题。贡纳先生只不过是在逗我。没错,他当然想把那台菲尔科要回来,但他也清楚我绝不会卖掉这个宝贝。

13

从贡纳先生的店铺到温德尔家,骑车只要很短的时间。离家之前,我把那些写着有关频率和钢琴琴键的纸条塞进了牛仔裤的口袋。

温德尔有一个九岁的妹妹叫埃莉诺。像往常一样,她正在车道边练习网球。埃莉诺的一头黑发在脑后扎成马尾。她朝车库门发球,等球弹回来时,再跑去接住。当球飞过她身边,向街上滚去时,我正好经过,捡了起来。

"不错嘛!"我把球扔给她后,打手势道。埃莉诺有志成为比维纳斯·威廉姆斯和塞雷娜·威廉姆斯更优秀的网球运动员,不只是因为等到她可以上场时,两姐妹已经老去,她更希望自己本领高强,所向披靡。

她放下网球和球拍,腾出双手。"谢谢,这周末要比赛,我正做准备呢。"埃莉诺打起手势来十分娴熟,仿佛她也是聋人一般,但其实她能听得见。众所周知,他们家只有温德尔一人失聪。自从温德尔出生后,他的父母便开始学习手语,在家时也始终使用手语。他的妈妈还成了布里奇伍德中学的一名教师,专门教授有听力障碍的学生。明年,温德尔准备到这所学校就读了。

"你打得真好。温德尔在吗?"

她朝屋内指了指,拿起水瓶喝了一大口。休斯敦已进入夏天,埃莉诺棕色的脸上汗涔涔的,看起来闪闪发亮。放下水瓶后,她打手势说:"他在鼓捣那些星星呢。"

我按下门铃,透过前门玻璃,看见里面灯光闪烁,温德尔的妈妈高大的身影出现在门前。我们家也装有这种闪光灯门铃,以便有人到访时我能看得见。我把我卧室的台灯也连到了门铃上,如果有人按响门铃,客厅和我卧室的台灯都会闪烁。

杰克逊太太笑吟吟地打开门。"很高兴见到你,"她打手势说,"温德尔在楼上呢。"

我谢过她后,直奔温德尔的房间。他正站在木梯上,扯下天花板上粘着的塑料星星。他的T恤上印着"你在此处"几个大字,还有一个箭头指着银河的某个地方。我不用多问就知道他在干什么。他喜欢重新摆放这些星星,好让它们的布局与当下的星空保持一致。

他一只手拿着星空图,另一只手冲我打了个"你好呀"的手势。

"我能弹钢琴吗?"我问。

"你大概弹不好。"

我忍不住想笑,但还是把一只手放在臀部,比画道:"我是认真的。我是说,我想用钢琴核实一件事。"

我们一起坐到琴凳上后,他问:"你想要核实什么事?"

我从口袋里掏出纸条,递给了他。

"是关于这头鲸鱼的事。"

"哪种鲸鱼?"

"不是哪种鲸鱼,而是这头鲸鱼。我在科学课上学到的。"我把一只手放在钢琴上,温德尔也做出同样的动作。

我在纸条上方写着:"普通鲸鱼,27.5赫兹,钢琴第一键。"我用手指敲击最左侧的琴键,低沉的声音震颤着我的手指。我又敲了几下,好熟悉这个声音。接着,我从左到右依次敲击琴键,直到第五键,那就是频率为35赫兹的黑键。蓝鲸和鳍鲸的声音不会高于这个频率。

在纸条的下一行,我写着:"55赫兹,第十三键。"

我从第一键数起,在第十三键停了下来。这次是一个白键。我敲了几下这个琴键,声音的震颤让我的手一阵酥麻,只不过比刚才的程度要轻。

"原来这头鲸鱼的声音是这样的。"我向温德尔解释道。我再次敲击琴键。"但它的声音本应该像这样才对,"我又按下第一键,"所以它才无法与其他鲸鱼交流。"

温德尔把双手放在钢琴顶部,我交替敲击这两个琴键。"差别不大嘛。"他比画道。

"对鲸鱼来说,差别可就大了。"

他说得没错,这两者看似差别很小,在键盘上的距离也不到一只脚的长度,但这差距足以将 Blue 55 与鲸群隔绝开来。我忽然想起上次去看外婆时,我俩肩并肩坐在沙发上,却不知道该说些什么的场面。

温德尔的爸爸一脸疑惑地朝房间里张望。他简直就是温德尔的成年版,只不过他理的不是寸头,而且头上的棕发已经十分稀疏。

温德尔把手举过钢琴,好让他看见自己的手势:"我们有新活动啦。我俩准备上街表演四手联弹呢。"

"那好呀!"杰克逊先生笑着比画,"只要你们的观众也听不见就行。"温德尔翻了个白眼,表示自己生气了,但也忍不住大笑起来。他爸爸很熟悉手语,随时都能和我俩插科打诨。有一次,温德尔对我说,他真想换个不那么爱说话的爸爸,能做到除非必要不乱插嘴,可我知道这只是玩笑话。

杰克逊先生离开后,温德尔问:"这么说,它不能发出更低的声音了?"

"对,它已经独来独往很久了,所以如果它能发出更低的声音跟其他鲸鱼交流,我想它会去尝试的。"

"也许它不合群,喜欢独来独往呢。"温德尔捅了捅我的肩膀。我没有问他为什么这么说。

"我不知道,也许吧,可我认为它只是无法与其他鲸鱼沟通。"

"其他鲸鱼都听不到它的声音吗?"

"即使能听到,它们也不明白它的意思。"

我再次敲击琴键,努力感受它们的差别。真希望我能把钢琴放到大海里,为 Blue 55 敲响第十三键。

"我想找到一个跟它交流的方法。"我比画着。

"跟那头鲸鱼吗?"

"对,跟那头鲸鱼。"

"什么办法?"

"这我还要想一想。"

"然后呢?"

"这我也不知道,至少现在还不清楚。"

我们俩轮流敲击琴键时,另一个人会把一只手放在钢琴上。

"你为什么想跟它交流?"温德尔问。

我不知该如何作答,也不知该如何解释。这头鲸鱼身处大海,但无法与周围的同类交流,无论是哪个鱼群或哪头鲸鱼,就连它的亲生父母都听不懂它的语言,所以我想发出 55 赫兹的声音,好让它知道自己并不孤单。我甚至无法对自己解释清楚这件事。我试图找到一个恰当的比喻,比如潮汐力,或者其他温德尔能够明白的道理,比如黑洞引力巨大,会把身边的事物全部吸进去。

"在大海中,它唱呀唱呀,可从它身边游过的动物,却只当它不存在似的。它以为谁都听不懂它的歌声,而我想让它知道事实并非如此。"

14

一群座头鲸从 Blue 55 身边游过。它敢肯定自己还从未见过这种鲸鱼,否则它一定记得。鲸鱼会记住所有事情,即使是那些它竭力想要忘记的事情。

也许它可以加入它们的队伍。它从一侧靠近这群正在迁徙的座头鲸,来到队伍的边缘。它犹豫了片刻,默默跟着它们前行。接着,如果它们不表示反对,它会继续靠近。

以前它也这样做过,即使每一次其他鲸鱼都听不懂它的叫声,它还是希望自己不会被赶走。那些刚刚失去一名成员的鲸群是最容易加入的。它听得懂它们低沉、哀恸的音调,仿佛在向大海倾诉悲伤。当鲸群游过时,中间有一个空位,原先那头鲸鱼的身影挥之不去。它不清楚它们是渴望有新成员填补这个空位,还是暂时没有心情将它赶走。

它学着它们的样子发出叫声:先深吸一口气,把空气压入体内,让空气在其间不断循环,直到空气与腔体相互激荡,形成独特的共鸣声。

尽管如此,它的声音仍旧不对。它所发出的音调还是有别于身边的其他鲸鱼。

它们听到了它的歌声。它清楚这一点,因为它们回头瞥了它一眼。随着时间的流逝,哪怕它们能够理解其中一个音符、一丝震颤,对它来说,也就足够了。

15

我梦见 Blue 55 对我歌唱。醒来后,我看见自己一只手还放在那台菲尔科上。

也许电台播放了一首音调为 55 赫兹的歌曲。我想要再次感受一下这种声音,但收音机里传出的震颤变得高低起伏,显然是有人在交谈。于是,Blue 55 的歌声从我的梦中消失了。

此时,我再也无法入眠,而是一直想着 Blue 55,希望能够再次感受到它的鸣叫。我在手机上搜到一篇题为《与鲸鱼一起谱曲》的文章,文中还附有不少奇怪的乐谱。小学时,我耐着性子上了很多节音乐课,所以知道乐谱应该长什么样。这篇文章里的乐谱没有实心或空心的黑色符头,而是一些彩色线条,线条上还有各种形状的图案。乍一看,就像有人把油漆弄洒了一样,页面上到处都是布满星星点点的彩色线条。不过,仔细看去,这些形状变得清晰起来。其中一个仿佛跳动的心脏,还有一个宛如小鸟。

这是根据鲸鱼叫声做成的乐谱。我虽然听不见,但也许能够想出办法,理解这些乐曲的含义。

彩色斑点和线条代表乐曲的不同声部。普通的黑色圆点不足以表达鲸鱼的歌声。它们的歌声要比人类所能创作的乐曲更为复杂。彩色斑点包含的音阶要多于人类的音乐,不同音符在歌曲的每个声部汇聚。

座头鲸的歌声最为复杂,有多种颜色和形状在音阶中上下起伏。大多数鲸鱼的歌声会停留在同一条音阶线附近,而不会忽高忽低,颜色也较少变换。相比之下,如果说这些鲸鱼演奏的是某一种乐器,那么座头鲸则像是指挥着一支交响乐队。座头鲸的乐谱会在橘色、粉色、紫色、红色和蓝色之间反复变化,并且声音越拖越长,突然发出几声短促的叫声后便又重新开始。

这篇文章里还附有 Blue 55 的乐谱。其中有些颜色与其他鲸鱼一样,但音阶较高,模式也不同。它的歌声会在蓝、紫、红三色间交替,每小节末尾增加一个声部,在乐谱上呈波浪形起伏。这些波浪有时是蓝色,有时是红色或紫色,但它总是在唱完波浪形的声部后,才会再从头开始。

形状一样,颜色不同,就像外公用手语创作的诗歌,手形相仿,但姿势不同。这是 Blue 55 自己的旋律。

随着乐谱上的音符不停地旋转汇聚,我脑海中浮现出一个计划。我在来到温德尔家敲击琴键之前,就已经开始思考这个计划了。

我在网上找到一张图表,上面列有各种乐器的名称及其所能奏出的乐音频率。不是所有乐器都能演奏 55 赫兹的低音。这个声

音对鲸鱼来说太高,对人类来说又太低。能够做到的有大号、低音长号,还有羽管键琴——不过我也不清楚这是什么乐器。我把乐谱连同这张图表一起打印了出来。

我将 Blue 55 的乐谱钉在它的照片旁。这首乐曲与众不同,其他任何鲸鱼都听不懂,但这就是它的歌声。也许在纸上不太能看出来,但它与外公的诗歌还有一个相似之处:这头鲸鱼需要在上下左右留出空间,才能唱出自己的歌。

从三年级起,我要和同班同学一起上音乐课。我们会依次上体育、读书、音乐和艺术课。每到图书馆闭馆时,我总是舍不得离开。在艺术课上,我可以画出自己无法说出的内容。体育课也还过得去。但在音乐课上,当其他同学学习有关乐曲的知识时,或者我要跟着查尔斯先生一起用手语打出歌词时,我总是昏昏欲睡。有一天,老师在课上发给每人一台录音机,用来播放音乐,于是我让妈妈把我叫出了教室。音乐播放对我来说毫无意义。从那天起,当其他同学上音乐课时,我就会到图书馆读书。

现在我已经快读完六年级了,却忽然来到了音乐室门口。那天早上,我曾找到教音乐的拉塞尔老师,问他我是否可以跟他谈谈自己的一个研究项目。他说我可以放学后来找他。

敲门前,我伸手摸了摸被我当作项链的鲸鱼指南针。那天,我把它从贡纳先生的店里带回家,想从首饰盒里翻出一条金色项链,可它们不是太短,就是颜色不搭,只有那条挂着Z形闪电吊坠的链子跟它最配。我解开项链,把它穿过指南针顶端的圆环,然后绕过脖子,扣上搭扣。这时我心中暗想:不知它之前的主人,也就是那位船长,是否找到了回家的路。

拉塞尔老师的白板上有一条留言:"送学生上校车,很快就回。"我一边等,一边浏览墙上各种乐器海报。我从口袋里拿出关于乐器及其频率的笔记,又摸了摸"铜管乐器"海报中低音萨克斯的按键。那些懂得吹奏的人,通过按键和吹气就能够奏出可以给Blue 55听的乐声。

拉塞尔老师在我旁边摆了摆手,好让我知道他已经回来了。接着,他问道:"我——怎样——才能——帮——你?"

一般情况下,我很讨厌别人像这样放慢语速、态度夸张地跟我讲话,但此刻我急于实现自己的计划,对此也就不在意了。我把笔记和记录Blue 55歌声的乐谱一起交给拉塞尔老师。我在笔记的下方写道:"我想为这头鲸鱼录制一首歌曲。"他坐在办公桌旁,查看了一遍笔记和乐谱,又返回头来,再仔细阅读。我一只手放在办公桌上,用手指敲击着桌面,他扫了我一眼,我这才注意到。

他说了些什么,于是我递给他一支马克笔,然后指了指旁边的白板。

"很有意思。"他写道,"我可以组织几名管弦乐团成员,把曲子给你演奏出来。对人来说,这支曲子大概不太动听,但对鲸鱼来说,也许会成为热门歌曲呢。"写完,他大笑起来。

我拿起红色马克笔,写道:"谢谢,我什么时候可以过来录制?"

几名学生带着乐器盒,走进了音乐室。

"明天放学后行吗?"他写道,"乐曲只有几个音符,录制要不了太久,不过演奏起来可能怪怪的。"

太好了。这段音频录制好以后,我就有了乐曲最重要的一个声部,而与 Blue 55 进行交流的计划也即将付诸实施。

在离开前,我微微一笑,在白板上写道:"谢谢您!"

拉塞尔老师没有问我的研究项目是哪一科的作业,或者到底是不是老师布置的作业。没关系。这件事情比哪一门功课都重要。

亲爱的安蒂:

感谢您这么快解答了我的问题。我正在开展一项研究,请问您是否能将保护区动物的录音发给我一份?

无论您录制的是哪种动物的音频,如果您能发给我一份,对我将大有裨益。

谢谢。

艾莉丝·贝利

16

翌日，准备演奏55赫兹之歌的学生已在音乐室就位，旁边还有很多观众。小提琴、单簧管和小号的声音对Blue 55来说都太高了。奇怪的是，在场的人里没有人演奏大号。这是我列出的少数几种乐器之一，因为大号能够吹出比Blue 55更低沉的声音。但拉塞尔老师说，我需要的音符很难演奏，而且他也没有会吹大号的学生。看来这件事比我预想的难，并不是把手指放在合适的位置，用嘴吹响乐器就行了。

"你离开这里前，我会告诉你怎样用手机或平板电脑录制你所需要的这种声音。"拉塞尔老师在一张便条上写道。

白板上写着参与录制的乐器名称以及学生们需要演奏的音符。我坐在屋子前面的一把椅子上，看着乐队练习了几次。演奏过后，学生们有的在手机上，有的在其他小型设备上查看了些什么，还不时摇摇头，而后再重新开始。拉塞尔老师一边弹钢琴，一边依次向每个学生示意，指挥他们演奏出与55赫兹相匹配的音符。他们奏出的乐音也会有高低起伏，因为Blue 55的歌声有时也会偏高或偏低。几名前来观看表演的学生捂住了耳朵，但愿Blue 55听起来感觉良好。

在几排蓝色塑料椅后，有几个拿着大型乐器的学生。其中一个男孩长着蓬松的金发，正在吹低音萨克斯。我还认出了安杰丽卡·弗里曼，因为她住的地方跟我家只隔着几栋房子。地上立着一把低音提琴，她一只手的手指在琴颈上变换着位置，另一只手拿着琴弓，在琴弦上来回拉动。我一直以为，低音提琴就是特大号的提琴。

几分钟后，拉塞尔老师对大家说了些什么，然后从琴凳上站起身，在白板上写下"准备正式开演"几个字。拉塞尔老师打开了麦克风和立体声设备。演奏结束后，他会将录制好的音频发给我。

要不是屋子四壁和地板上都铺有厚厚的隔音毯，我肯定会脱下鞋子，感受音乐的振动，比如地板上那架低音鼓发出的声响。不知道所有乐器一起奏响会发出怎样的声音。我想那种感觉大概跟我在家里通过电脑扬声器感受 Blue 55 的歌声时差不多。

拉塞尔老师按下录音键后，没有坐回去，而是指着我，示意我坐到琴凳上。

我指了指自己的胸口。"我吗？"

他点点头，接着写道："这是你的曲子，由你来演奏才合情合理。"我笑着坐到钢琴凳上。能够有机会演奏 55 赫兹之歌，当然比单纯地聆听更好。拉塞尔老师指着需要我弹奏的琴键，做了个轻敲的手势，而我其实早就知道该敲击哪个琴键。我把一根手指放在第十三键上，然后抬起头，等着他示意我开始。

当他挥舞双手时,我一遍遍弹下那个琴键,而其他学生也开始演奏自己的音符。我还弹了第十二和十四键,在 55 赫兹上下增加了一些起伏。

拉塞尔老师举起一只手,紧接着握紧拳头。于是,大家停下演奏,纷纷鼓起掌来,包括那些刚才捂着耳朵的学生。也许他们只是庆幸表演终于结束了。但我不在乎。我们录制的这首歌曲能让 Blue 55 知道,有人在关心它。

当其他学生陆续就座,开始各自的日常练习时,拉塞尔老师拿出平板电脑,让我看其中一个应用程序。他把手机拿到钢琴旁,指了指第十三键。当我敲下琴键时,手机的麦克风会捕获这个声音,屏幕上出现了数条波浪线,还有这个音符的名称:A1。最妙的是,我每敲击一下琴键,声波旁还会显示频率的读数:55 赫兹。拉塞尔老师指着其他学生,告诉我,他们也在使用类似的软件,以判断自己奏出的音调是否准确。我仿佛感到自己与 Blue 55 的距离更近了,因为我能演奏它发出的声音了。

拉塞尔老师教我怎样在屏幕上转动一个轮状的图标,选择自己想要的乐器。他曾经说过,我可以自己用大号奏出所需的音符,原来就是这个意思。他转动轮子,选中"大号",然后告诉我该敲击哪个音符。屏幕中央出现了紫色的声波线条和"55 赫兹"的字样。我早就应该想到会有演奏乐器的应用程序,那样我不用跟学音

的同学合作,自己就能录好这首曲子。不过,跟他们一起演奏的感觉还不错。因为这样一来,他们也知道了 Blue 55 的事情,那就像有更多的人在倾听它的心声一样。

离开音乐室前,我在白板上画了一头快乐的鲸鱼,然后写道:"谢谢大家!"当我走出教室时,有几个孩子冲我微笑挥手,安杰丽卡还对我竖起了大拇指。

好吧,也许学点儿音乐并非毫无意义。

拉塞尔老师在帮乐队排练完后,会把录制的音频用电子邮件发给我。我一边等待,一边试用了他推荐的调音软件。我来到书房,因为这里可以使用电脑的扬声器。妈妈通常会在家里做平面设计,但今天她开会去了,与一家合作的公司见面。

每找到一个频率在 55 赫兹左右的单音,我都会在电脑上把它录下来。我来回滚动鼠标,挑选着合适的乐器,其中有些我闻所未闻,比如上低音号。我点击标有"八度"字样的加号和减号,又找到了几种能够发出合适声音的乐器。我还在 50 到 60 赫兹之间增加了几个音符,好让 Blue 55 能感觉到一些变化。

不知道乐队的学生们会练习多久?当我以为拉塞尔老师把我忘了时,我收到了他的电子邮件。

我打开附件,点击播放。扬声器里传出的振动让我想起了

Blue 55 的鸣叫声。在听到这些声音后,它也许同样会想起自己的歌声。

我还需要另外一些音频,安蒂也通过电子邮件发给了我。

亲爱的艾莉丝:

很高兴再次收到你的来信。我今天用水诊器做了水下录音,并将文件附于信后。海底的噪声通常比我这次录制的更大,但今天没有任何游轮进港,所以你听到的主要是自然界的声音,比如座头鲸、蓝鲸、虎鲸、海豹的声音以及海面上的风声。

祝你的研究项目取得进展。期待听到你的更多消息。

安蒂

"没问题,安蒂,你会听到更多消息的。"

这段录音只有十五分钟。我得做些剪辑,好让 Blue 55 听到的歌曲更长一些。我把拉塞尔老师和安蒂发来的片段做成一个新文件,然后复制粘贴,不停循环,直到可以连续播放一个小时。

但愿这样就够了。播放乐曲时,我闭上眼睛,一只手放在扬声器上。我原本以为,在乐曲里加入 Blue 55 的原声没有太大意义,因为它会认出自己的声音。但我又很好奇,将它的声音与这首新曲子

混合在一起会发生什么。于是,我把 Blue 55 的一段音频加到了刚才制作的乐曲之中。

嗯……这感觉似曾相识,但又有些不同,因为这是它的原声与新曲子的结合。这首曲子不可能与 Blue 55 的歌声一模一样,可我还是竭尽所能,使所有音符和频率与它的歌声相称。我在一篇文章中读到,鲸鱼的乐曲是由如呻吟、啁啾、啼鸣般的单音汇合在一起组成乐句,再由众多乐句组成的一段旋律。这就像人类的语言是由单词组成句子,句子再组成段落;就像手语是先有词汇,然后才能开展对话、创作诗歌或故事。

Blue 55 或许知道,这个故事是写给它的。

完成上述任务后,我坐了一会儿,考虑该如何回复安蒂。这将是我写给她的最重要的信息,所以必须分毫无误。

亲爱的安蒂:

非常感谢您将保护区动物的录音发给我,这正是我开展研究所需要的东西。

在第一次从科学老师索菲亚·阿拉米拉那里听说 Blue 55 后,我从未停止对它的关注。

我的双手停在键盘上。我既希望她了解我的计划,又不想显得自以为是,好像我比保护区的工作人员更聪明一样。

　　既然上次您为它安装追踪器未果,我想您可能会喜欢我的主意。

我告诉她自己与学校里懂音乐的同学合作,录制了一首与 Blue 55 歌声频率相同的曲子,然后混入了它的原声和保护区其他动物的叫声。

　　现将音频文件附于信后。您要做的就是在船上播放这首乐曲,接着为您所使用的设备插上一套防水的扬声器,然后将扬声器放入水下。Blue 55 一定能听到这首歌曲。您不是说过,它会游向其他鲸鱼吗?可它们与它发出的声音并不相同。我相信当它听到与自己歌声类似的声音时,它一定会来寻找,并且在附近停留一段时间。

我记得,每当我与另一个聋人在一起时,我们要花很长时间道别。其他人会不耐烦地站在门口,看着我们一遍遍说再见却不肯分开。临别前,我们总是还会想起一些什么事情要告诉对方。假如你不知道什么时候才能再次见到这个和自己情况一样的人,你当然

会依依不舍。

只要它来到保护区附近,这首歌就会让它产生家的感觉。如果它迁徙到更加温暖的地方,或许当地的保护区也可以为它播放。在听到与自己声音类似的歌曲后,它一定不会再感到孤单。

为了确保准确无误,我不知道把邮件反复读了多少遍。这封邮件必须既专业又轻松,仿佛我俩早已熟识,并且在为同一个目标而努力。我重新编辑了邮件的内容,不断更换着措辞,接着又变回原来的说法,最后终于完工。我屏住呼吸,点击了发送键。

你就要听到属于自己的歌曲了,Blue 55。

17

我想亲自找温德尔一趟,告诉他关于为 Blue 55 创作歌曲的最新进展。第二天,我给他打了视频电话,问他我是否可以过去找他。他说,如果我抓紧时间,就可以跟他和他妈妈一起去学校。那天杰克逊太太要外出开会,所以不用坐班,但她打算先到教室一趟,为次日的工作做些准备。

开车到布里奇伍德中学要很长时间。在路上,我向温德尔讲述了关于为 Blue 55 录制歌曲,并将其发给保护区工作人员的事。

"太棒了!你收到回信了吗?"

"还没呢,不过邮件发出去的时间不长。"我竭力不让自己担心"万一收不到安蒂的回信怎么办"。虽然这才过去一天,但我一直在检查邮箱,看里面有没有回信。假如我的主意并不合适怎么办?就算这首歌曲跟 Blue 55 的叫声频率相同,也不等于它就一定能听得懂。我脑海中突然浮现出一个画面——尼娜挥舞着双手,问一头鲸鱼:"嘿,你吃饭了吗?"如果我录制的歌曲会惹恼 Blue 55,还不如压根儿就不去做呢。

布里奇伍德中学比我们学校的上课时间晚些,因此当我们来到学校时,很多学生还没到班里。我们一起前往杰克逊太太负责的

班级。途中,我停了下来,后退几步,看到几名学生正在科学课上互相比比画画。当老师讲课时,高高的黑色讲桌后有一名手语翻译,他正对着一群学生打手势。教室里的聋人不只是这群学生。在另一张课桌后,还有三名学生在一边学习,一边使用手语沟通。他们谈的是自己正在搭建的电路,我也想加入他们的对话。杰克逊太太继续向教室走去,温德尔停在过道里等我。

一名女子走到那群有听力障碍的学生面前,对他们打了几个手势。她看起来不像是手语翻译,因为她直接加入了他们的谈话,问他们接下来准备怎么做。

"那位女士是谁?"我问温德尔。

"是马丁内斯老师。聋人多的班除了普通教师外,还会配一名助教。"

"她的手语打得跟聋人一样纯熟。"

"她很可能就是聋人。"

"这里还有听障教师?"

"有,不过不多。"

温德尔拉着我的手,离开了科学教室。在过道里,两名学生走过我们身旁时,也在打手势。他们还用手语向温德尔问好。

过去,我只知道多数听障学生会到布里奇伍德中学就读,但没想到会有这么多人。在这里,他们可以随时随地使用手语交流,比如在上课时、体育场上、走廊里和餐桌旁。

我们走到杰克逊太太的教室时,只见她拿着几本书和一个文件夹走了出来。

"我要去办公室复印一下明天上课用的资料。你们俩在这里稍等一会儿。"

教室里的人全都认识温德尔,因为他以前跟妈妈来过这里。

在向众人介绍过我后,温德尔和别人攀谈起来。我四处转了一圈,又扫了一眼书架。几个学生和与杰克逊太太同屋的另一位老师一起,坐在一张半圆形的桌子前。其他学生有的在课桌前,有的在电脑前。教室一角有一辆黑色小推车,车上有一台电视机,上面还安装了可视电话系统。

我从书架上抽出一本书。书很旧,封面也是普通的米色,但标题吸引了我——《美国手语历史》。温德尔不知什么时候来到我身旁,冲我摆了摆手,我这才注意到他。

"我妈妈教'手语历史'时,用过这本书。"

"手语历史?"

"对呀,还挺有意思的。"

我从未想过手语还有历史,也从未想过手语从何而来。温德尔接过书,翻到开头。我扫了一眼他翻到的那一页,看到一张配有文字的照片。照片上,一个满头银发、身穿黑色服装的男子正跟一个

小女孩打手势。

"法国人吗？"我问道。

他点点头。"几个法国人来到这里后，使用本国的手语教授有听力障碍或语言障碍的儿童。在很长一段时间里，只有这样一所聋人学校，所以全国各地的孩子云集此地，使用手语进行交流。"

"这就是我们现在使用的手语吗？"

"没错，它经过一段时间的演变——现在也一直在变化着——最后形成了 ASL，也就是美国手语。"

最初，不同地区的聋人无法沟通，但他们发展出了一种全新的语言。我之前怎么不知道这些？

也许 Blue 55 能够和我交流，哪怕它只能听懂一点点，哪怕只能听懂一个音符。

温德尔正跟老师和其他学生打手势，向他们讲述 Blue 55 的故事。大家全都看着我，有人问"真的吗"，也有人说"太棒了"。那位老师问道："这个办法能否行得通，到时候你会告诉我们吗？"

我对她说我会。

温德尔虽然还没来布里奇伍德读初中，但已经和这里的孩子颇为熟悉，仿佛他就是这里的一员。等明年来这里上学后，他一定会结识更多朋友。他总是能很快和身边的人混熟，所以无论走到哪里都能迅速融入。

我很想再问问妈妈,我能不能到布里奇伍德上学,但她恐怕还是不同意。我已经很久没有提过这件事了,因为每次一说起来,她就会变脸。就像每次去探望外婆时,她都会多抱我一会儿,那神情仿佛我要出门远行一样。兴许我可以再试一次,看看能不能说服妈妈,我更适合布里奇伍德,因为这里才是我应该读书的地方。

我放下那本《美国手语历史》,想和其他学生交谈,但没看清温德尔刚才的手势,也错过了其他人的回答。他们似乎很有默契,总是能跟上别人的谈话。我试着告诉自己,他们开始聊天儿时,我刚好在看书,所以才不清楚状况。如果刚刚没在看书,我应该立即就能融入其中。如果事实并非如此,刚刚就仿佛一阵海浪袭来,而我只能在墨西哥湾阴沉的海水中奋力挣扎。

我看着他们聊了片刻,这才回过神儿来。温德尔跟他们在一起时,打手势的速度比跟我在一起时要快。但差异还不止如此。他刚才使用的几个手语我从未见过,桌旁的其他人也并未表现出不解。

他们全都看着我,好像在等我回答问题。

我冲温德尔耸耸肩。"我没听懂你们在谈什么。"

其中一个学生对我摆摆手,比画道:"抱歉,火车已开走。"原来我错过了时机,而再跟我解释起来就太费劲了。

温德尔笑了一下,打手势说:"哦,抱歉,我忘了,跟你打手语时得像个老头儿。"

我脸上抽搐了一下,仿佛被他打了一巴掌。其他学生也跟着他大笑起来。温德尔看到我的脸色后停了下来,然后对他们略一摇头。

"对不起。"他比画道。

"没关系。"我回答,但我心中仍感不快。我把那本《美国手语历史》放回了书架上。也许我并不适合这里。

温德尔拍拍我的肩膀。杰克逊太太开车送我们回家时,我一直望着窗外。"你生气了吗?真对不住。我其实不是那个意思。我跟你打手势的方式与我在布里奇伍德的不太相同。你不是也会这样做吗?就像你跟爸爸打手势的方式,有别于你跟妈妈和外婆交流的方式一样。"

他这会儿提起这事完全是在强词夺理。我跟爸爸打手势的方式不同,是因为他不太懂手语。我摇摇头,好让温德尔知道他用不着道歉。"没事。"我再次答道。我并非真的没事,但这也不能怪他。我们俩又不是每天见面,而我也不能像他那样,经常和其他聋人相处。大多数情况下,我只跟外公外婆或查尔斯先生聊天儿,所以即使温德尔对我跟对其他孩子不同,我也不能怪他。我生气的是,他根本没必要这样做。

18

我准备下楼吃晚饭时,收到了期待已久的回信。

亲爱的艾莉丝:

抱歉这么久才回复你。你的主意一下子就引起了我的兴趣,但我需要跟团队里的其他成员商榷。告诉你一个好消息:下次为Blue 55安装追踪器时,我们准备为它播放你录制的歌曲!

我们还在保护区的深水区放置了一台扬声器,想要看看它是否会有所回应。

我简直不敢相信自己的眼睛。保护区的工作人员远在千里之外,竟然讨论过我和我录制的歌曲。他们很喜欢我的主意。我还一直担心他们会不会采纳呢。安蒂是一位真正的科学家,她关心Blue 55,而且听取了我的建议。

当然,这取决于它是否在附近,以及我们是否能够找到它。多日来,我们都没有听到它的歌声,因此不确定它

如今身在何方。如果它再次到来，但愿它会发出鸣叫声。

你可以问问你的父母，能否将你的地址发给我。如果可以，我很乐意送你一件印有保护区标志的T恤。我们会在社交平台上"@"你，这样科考队出发时，你就可以点开网络直播，亲眼看着你的计划付诸实施。假如你们一家碰巧来到阿拉斯加州阿普尔顿（虽然很少有人来这里，但万一你们会来呢），一定要到保护区看看，我会带你们参观保护区的。

你所做的探索令我印象深刻。你的思维方式就像一位真正的科学家，能够发现问题，并设法解决问题。

再次感谢你来信告知我们你的想法，艾莉丝。让我们拭目以待，看看这首歌曲能否让我们了解更多关于Blue 55的信息。

安蒂

我激动得跳了起来，沿着房间跑了一圈，在挂着Blue 55照片的地方停下了脚步："我为你录制了一首歌曲，希望你会喜欢。"我伸出一只手，抚摸着这头鲸鱼，然后侧躺在床上。Blue 55就要听到这首歌曲了，我虽然很高兴，但到那时，如果我只能在网上观看，似乎有些遗憾。当保护区的工作人员亲眼见到Blue 55时，我却只能坐在家里的电脑前。这怎么行？我要亲眼见证它听到这首歌曲。

亲爱的安蒂：

很高兴你们真的准备播放这首歌曲了！虽然 Blue 55 还从未听到过它，但我相信，这一定就是它要找的东西。非常感谢您的回信和让我到保护区参观的邀请。我会征得父母的同意，争取在 Blue 55 抵达保护区前赶到那里。

我是否可以加入你们的科考队？我非常乐意助你们一臂之力。如果可以让我负责管理扬声器并播放歌曲，你们就能专心安装追踪器了。长久以来，我一直在与收音机打交道，所以我对电子设备十分熟悉。由于本学期已接近尾声，学业也告一段落，目前我相对空闲。我想父母不会介意让我请上几天假，展开这样一场富有教育意义的旅行。

我没有接着往下写，其实学校也不在乎我请上几天假。

我想今天就到此为止吧。如果你们认为 Blue 55 即将到来，请记得通知我呀！

艾莉丝

我们坐下来吃晚饭时,我向大家讲述了 Blue 55 的故事,从索菲亚·阿拉米拉老师在课堂上播放的视频讲起,还有安蒂及其团队试图为 Blue 55 安装追踪器的过程。

爸爸听得一知半解,妈妈不时为他进行翻译。我想要放慢速度,但双手止不住上下翻飞。随后,我向他们讲解了自己对 Blue 55 歌声所做的研究,以及我是如何利用学校乐队和调音软件为它制作了一首歌曲。

"还有……"讲到这里,我放慢了速度,环视大家,好吸引他们的注意,"Blue 55 很快会再次来到保护区附近,工作人员也将再次为它安装追踪器。到时候,他们会在水下播放我的歌曲,好让它停留得更久一些。"

"真的吗?"特里斯坦打手势道,"太了不起了!"

"你能给他们帮上忙,这太棒了!"妈妈说,"这件事你一定钻研很久了吧。"

爸爸还是一副似懂非懂的样子,但也表示:"对呀,太棒了!"

他们看起来的确充满钦佩之情,可我不确定他们是否明白此事的重大意义。也许我还没有使他们理解 Blue 55 已经独来独往了太长时间,并且没有任何一个同类能发出与它相似的声音。

当我说到最重要的部分时,他们全都听懂了。"你们猜怎么着?安蒂,就是那个想给 Blue 55 安装追踪器的女科学家,认为我的主意很好,还邀请我到保护区参观呢!"我没有重复她的原话,假如我们一家碰巧来到阿拉斯加州阿普尔顿,一定要到保护区看看。对我来说,上面的话就足够了。因为我们必须要去。

爸妈对视了一眼,仿佛在思考该如何回答我。有时候,当我在旁边时,他们俩会不动声色地交谈,以免我读懂他们的唇语。现在看起来,他们又在故技重施了。

"她人可真好,"妈妈比画说,"也许有一天我们会去阿拉斯加旅行,到时候你就可以参观保护区了。"

"有一天"永远不会到来。"可我们得马上动身,"我解释道,"因为那头鲸鱼就快到了。"

"别担心,"爸爸打手势说,"很多鲸鱼都陪着它呢,不是吗?"

他们完全忽略了重点。如果他们明白这事有多紧要,他们就会认真对待了。Blue 55 终于能够听到属于自己的歌曲了,而这首曲子是我制作的。我很乐意回答关于 Blue 55、保护区或歌曲的任何问题,但他们没有问。爸爸很可能根本没怎么听明白。我应该解释得再清楚一些才对。这是我做过的最重要的事情,可现在却出了岔子。

我深吸一口气,在回答爸爸的问题时,迫使自己放慢速度。如果我没那么兴奋,并且多些耐心,这事应该能成。"但它们听不懂它的歌声。问题就在这儿。就算它身边还有其他鲸鱼,它们也不明白

它的意思。"我用手语告诉爸爸,这头鲸鱼独自在大海里游着,叫着,却得不到任何回应。终于有一天,它听到了一个声音,一个与它的歌声类似的声音。我转向一侧,把一只手放在耳朵上,仿佛在聆听那首歌曲一样。

我解释完后,爸爸抬起头,好像思索了一番,然后说:"看来这头鲸鱼需要语言障碍治疗呀。"他被自己的玩笑逗乐了,接着又低头说了些什么。

我挥挥手,好引起他的注意,然后打手势问:"您说什么?"

他舀了一勺辣椒酱,比画道:"没什么。"这个手势他再熟悉不过了。

"怎么会没什么。您的意思是我不重要,所以这事不用跟我商量。"

他看着妈妈,等着她做出解释,可我对她打手势说:"别再为他翻译。"爸爸胸口起伏,大概是在叹气,看来这句话他听懂了。

"如果您不能与身边的人沟通怎么办?如果您努力想要沟通,但就是没有人明白怎么办?"

爸爸又瞥了妈妈一眼,但她只是扶了扶眼镜。我一拍桌子,玻璃杯里的水一阵晃荡。爸爸打手势道:"我不懂你的意思。你得慢点儿。"

我反而比画得更快了。"我做什么都不管用,反正您也不明白!

假如您的人生就是这样,您该怎么办?假如您就是那头鲸鱼,在大海里独来独往,您该怎么办?"

他摇摇头,继续吃饭。

妈妈对我打手势说:"宝贝,抱歉让你失望了,可我们不能丢下这里的一切,说去就去。我们可以在网上看科考队的直播呀。到时候你把温德尔也叫过来,所有人都会知道,你是怎样救助那头鲸鱼的。"大概是为了安慰我,她接着比画道:"我还可以给你们做爆米花吃呢。"

"我不要,这不公平!是我制作的那首歌曲,是我想出了这个主意。要是能去的话,我可以支付一部分费用。"我不清楚到阿拉斯加一趟要花多少钱,但我修了很久收音机,在银行存了一小笔钱。

好半天没人说话。随后,特里斯坦碰了碰我的胳膊。"嘿,你为那头鲸鱼所做的事情真了不起。重要的是它就要听到你制作的歌曲了,不是吗?"

"没错,可它听到这首歌曲时,我要在那里,我要看着它……"

"它可不是你的那些收音机。"

"什么?"

"那头鲸鱼呀。"特里斯坦打手势说,"我知道你不喜欢半途而废。难道这不是你要去那里的原因吗?即使到了那里,你也不可能像修理收音机一样,把它给修好嘛。"

"我知道!"我疯狂地挥舞着双手。他怎么能这样说?"可我必须到那里去!我想让它知道,有人听得懂它的心声。"

我没完没了地打着手势,甚至顾不上擦去脸上的泪水,速度之快就连特里斯坦也跟不上,甚至妈妈也不懂我的意思,可我慢不下来。我不在乎。我就像 Blue 55 一样,对着虚空的大海呼喊,但声音的频率太高,没有谁能明白。

19

鲸群正准备离开 Blue 55。

其中最小的一头鲸鱼留了下来，在它身边转圈。当其他鲸鱼呼唤它时，它仍待在 Blue 55 身边。这头幼鲸太小，还无法唱出自己的歌声。它时而喊喊喳喳，时而发出断断续续的咆哮声，呼唤着比它体形更大、独来独往的 Blue 55。也许过一段时间，它们就能听懂彼此的叫声了。

它的行动让鲸群感到担忧。它们不希望身边出现奇怪的声音，也不希望它们的幼崽发出令人不解的啼鸣。这样很危险。假如它需要帮助，它将如何通知鲸群？

座头鲸家族开始大声呼唤，表明它们准备离开，只是仍在等待那头幼崽。幼鲸最后发出一声啼叫，转头回到队伍当中。

Blue 55 继续跟了幼鲸一会儿。它虽然清楚它们不允许自己这样，但仍不打算放弃。它已经很久没有和幼鲸一起歌唱了。当它还是一头幼崽时，它也曾经和家族中的其他幼鲸互相应和。

座头鲸群向前游去，使劲甩着尾巴。它如果靠得太近，就会被它们击中。

要是它默不作声，它们是否会允许它留在队伍当中？在很长一

段时间内,它忍着不再歌唱,但随着对鲸群越发信任,它渐渐故态复萌。然而,它唱得越多,鲸群离它越远,也把幼鲸包围得越紧。

在大海深处,一场风暴即将来临,但它不会像其他鲸鱼那样,逃离这片海域。只有在暴风雨中,它才能高声歌唱。到了那个时候,它将任凭呼啸的风声和波涛声淹没自己的鸣叫声。

它一头扎进汹涌的海浪中,在虚空的大海里,咆哮着谁也听不懂的歌声。也许翻腾轰鸣的海水会把它的声音带向远方,会使它的歌唱焕然一新。也许有谁终将明白它的心声。

20

我冷静下来后,决定先不要受家人的影响。他们只是暂时没弄清状况。我会与安蒂敲定详细计划,然后再跟爸妈商量。等他们亲眼看到一位货真价实的科学家是如何对我的主意表示赞赏并希望我到保护区帮忙时,他们不可能再反对。他们一定会明白,这件事有多重要。

当天夜里,我收到了安蒂的邮件。我简直想立即收拾行李前往阿拉斯加。随后,我阅读了这封邮件:

亲爱的艾莉丝:

很抱歉我给了你这样一种想法,让你觉得可以立即搭飞机到这里来。对你的家人来说,这可能十分困难,因为我是临时通知,而旅途又是如此漫长。(此外,即使你来到这里,假如 Blue 55 不露面,你也很可能什么都看不到。有时候,科学研究就是这样枯燥,无论你再怎么计划和努力,结果都有可能不尽如人意。)如果哪一天你父母愿意带你过来,那当然很好,但他们可能需要一些时间来制订出行方案。

不过，我想告诉你，你在家中电脑上观看的景象，将与团队其他成员看到的一模一样，甚至更加美妙！为鲸鱼安装追踪器是一项重要任务，但也很危险。我们必须设法接近鲸鱼，才能完成安装。只要它一甩尾巴，我们就可能被打到海里。届时，我身边只有一名团队成员，而此人将负责掌舵。科考队的其他成员都会留在保护区内，通过屏幕观看现场直播。也有人在码头以外观看，只不过能看到的不多。你将会看到摄像机在船上和水下拍摄的所有镜头。随后，我很乐意把我们从追踪器上接收到的信息发给你。这样一来，你就可以知道它身处何方，以及它何时会歌唱了。

对你为此所做的一切以及发送给我们的歌曲，我再次表示深深的谢意。我非常希望与你就此展开进一步讨论，也希望我们能保持联系。我知道你一定会有所成就，也希望能看到你将来继续为动物保护事业努力。

安蒂

我一把从墙上扯掉为 Blue 55 所作的乐谱，乐谱被撕出了一道长长的口子，图钉也飞到了一边。我竭力忍住，没有把这张纸撕成碎片。这不是它的错。这是 Blue 55 的歌曲。无论它想要表达什么，无论它用的是哪种语言,这都是属于它的。

然而,我再也无法直视这张乐谱。我把它连同 Blue 55 的照片折了起来,塞进了书桌最底层的抽屉里。

温德尔没有手机,所以我们不能互发短信,只能通过网络聊天儿。在电脑的聊天儿窗口上,他的名字旁边显示为离线。尽管如此,我还是给他发了条信息。只要他一上线,就能看到我的留言。

"我收到保护区的回信了。"

写完这句话,我不知道还能再说些什么。我颓然跌坐在椅子上,而他名字旁的离线标志始终没有变化。我只好放弃等待,扑通一声躺倒在床上。

片刻之后,妈妈走上楼来,告诉我温德尔在等我视频通话。我摇摇头,告诉妈妈我等会儿再找他。现在我连胳膊都不想抬,更不用说跟其他人聊天儿了。

翌日清晨,当我上线后,温德尔的信息接二连三地出现在电脑屏幕上:

"他们怎么说?

"他们喜欢你的歌曲吗?他们会播放吗?

"在吗???

"你还活着吗???"

我在聊天儿窗口中回复道："嗨,对不住,昨天我不想说话。没错,我收到他们的回信了。他们挺喜欢我的主意。"

我看着他打字回复。"太好了!那你昨天是怎么回事?"

"他们邀请我有时间过去参观,我很想去看看那头鲸鱼,但爸妈说那里太远了。保护区会送我一件T恤。哦,对了,他们还会在现场对我表示感谢。在看到那头鲸鱼后,他们会在船上播放我发去的歌曲。"

温德尔半天没有打字,过了一会儿才写道:"真遗憾,艾莉丝,这样不公平。这不是你的主意吗?那你也应该过去呀。"

昨天晚上睡觉前,我觉得自己再也不会感到开心了,可这会儿我不禁会心一笑。尽管温德尔改变不了已经发生的事情,但有人能够理解我的感受,知道这事有多不公平,我还是很欣慰的。

"谢了,温德尔。我想我没事的。不过,我大概要生很长时间的气。虽然他们会在网上全程直播,但我想我不会去看。"

"嗯,那我也不看。好啦,随时来找我玩呀。很快就能看到木星和它的卫星了。"

"谢谢,回头见。"

当我和温德尔的对话接近尾声时,爸爸走了进来,坐在床沿上,手里拿着一对电脑音箱。

我转过头来后,爸爸指了指电脑。我挥手让他到椅子旁坐下。

他插上音箱,打开一个视频,里面出现了一台老唱片机。这台唱片机虽然没有我那台"爱德蒙"年代久远,但也算很老了。唱盘上旋转着的唱片不是常见的圆形,而是正方形的。唱片中间还有一头白描的座头鲸。

视频里播放唱片时,我把一只手放在了音箱上。声波的振动让我想起我在网上听过的那些鲸鱼的啼鸣声。

爸爸打开电脑的记事本。他打字比打手势快得多,也清楚得多。

"这是我小时候从一本杂志里看到的。"他重新点开视频,指了指上面的标题——《国家地理,座头鲸之歌,1979》。接着,他又指着自己,假装戴着耳机。"我每天都会听。"他比画道。

我们就这样坐着,看着视频中的唱片不停旋转。爸爸用耳朵听,而我通过音箱感受着这首歌。爸爸举起手,又放下来,好让我明白这首歌的声波是如何从低到高,再从高到低不断变化的。我记得自己在那些乐谱中看到,座头鲸的歌声如同交响乐。视频中有字幕解释说,它们的音域很宽,可以极低,也可以极高。那么,它们的声音会偶尔达到 55 赫兹吗?当它们歌唱时,声音会从 20 赫兹升到 100 赫兹,甚至数千赫兹,因此在它们的歌声中,会有一小部分听起来与 Blue 55 的音调相同。我很想知道,假如 Blue 55 距离座头鲸群足够近,能够听到它们的声音,它是否能听懂其中的某些部

分,哪怕只是几个音符。

"在此之前,没有人知道它们能够唱出如此复杂的歌曲。"爸爸打字说。过去人们对捕鲸习以为常,但在听到这些声音后,公众开始了对捕鲸活动的抗议。我们对鲸鱼的了解实在太少了。

那么是它们的歌声拯救了自己。它们真是一种强大的生物。

"我也想看看它们。"爸爸接着打字说。

"那些鲸鱼吗?"我打手势问道。

他点点头,用手语问:"鲸鱼的手语就是这样吗,像个字母 Y?"

"对呀,您瞧,这个形状是不是很像鲸鱼的尾巴?"

他伸出右拳,只露出拇指和小指。我教他如何让这只手上下起伏,模仿鲸鱼尾巴游动时的姿态,同时用另一只手臂当作海平面。

也许这是爸爸在用他独有的方式,为晚餐时发生的事向我道歉。不能去阿拉斯加看 Blue 55,这事还是让我很生气,但至少我们可以一起讨论这件事。我们还从未有过这样的经历——我们对一些事有共同的兴趣。我没有想到,在尝试与 Blue 55 沟通的过程中,我也学会了与爸爸沟通。我以前竟然不知道,他也对鲸鱼的歌声产生过兴趣。既然他主动来到我的房间,告诉他我过去也常常聆听鲸鱼的声音,那他现在一定明白,它们对我来说有多重要了。

正当我准备问爸爸关于《座头鲸之歌》的更多问题时,他打字说:"真希望你能听到它们的声音。"

我想告诉爸爸,我能听到鲸鱼的声音,只不过是用与他不同的方式。可我不知道该怎样解释,才能让他明白。

每天我都试图忘记 Blue 55。我不再浏览任何关于鲸鱼或保护区探险活动的资料。有一阵子,我仍戴着那个木制 Z 形闪电吊坠,但后来还是换成了指南针,因为我很怀念它在我胸口沉甸甸的重量。我仍然常常去想,很久以前它的主人是否靠它找到了正确的道路。

贡纳先生把一台他不抱任何希望的老收音机交给我。这台收音机应该已经被废弃很长时间了,但我会想出办法来修理它的。在收音机内部,各个部件的连接方式是十分清楚的。一旦我把它修好,我就会知道它们之间的关系。电子设备的工作原理就是这样:它们要么管用,要么不管用,没有什么拿不准的事情。

科学家花了很长时间才弄清鲸鱼是如何发声的。它们不像人类那样张嘴唱歌,而是将空气推入喉咙和鼻窦,让歌声在它们体内的空间中产生。

当我把手伸进收音机时,旧的电线绝缘层在我手中化为齑粉。一根裸露的金属线会毁掉一切,即使我把其他事情都做好。于是,我在工作台上的一捆捆电线中翻寻,想要找到合适的替代品。

此时,Blue 55 还在唱歌吗?是否有谁能够听到?

我把收音机放在一边，走到书桌前。康恩老师布置了期末作业，眼看到了上交的时间，可我还没有开始做。一开始，我选择无线电通信作为主题，但随后又问她我是否可以将主题改成鲸鱼。这倒不是说我不喜欢收音机，而是我可以把自己开展的关于鲸鱼的研究写成报告。

假如我再次要求更换主题，康恩老师一定会一脸不快，像刚刚吃了一根酸黄瓜似的。但我现在不能再写鲸鱼了。反正等我交作业时，我会告诉她我改变主意了。

我打开自己收藏的几个关于无线电历史的网站，开始做笔记。

在五十到六十公里外，调频无线电信号也会被探测到。

这算不了什么，因为我知道鲸鱼的歌声可以传得更远。它的声音甚至可以漂洋过海，途经半个美国，来到数百公里外的地方，触动某个人的心弦，吸引此人来到海边。

能找到 Blue 55 的，得是能听到它的歌唱，明白它的心声的人。那可与保护区寻找 Blue 55 的工作人员不同。

我晃晃脑袋，想要厘清思绪，然后又抖抖双手，试图释放 Blue 55 带给我的压力。我没有必要再去想它。能够帮到它，我就应该满足了。我会继续做自己最擅长的事,那就是修理东西,然后设法忘掉那头鲸鱼。

我打开的网站中列举了使用无线电和电报进行紧急通信的案例,因此我准备把其中一个故事写进报告里。

一个农民在收音机的电池耗尽后,把收音机连接到拖拉机上,收听到了暴风雨即将来临的消息。于是,他及时把家人安全送进地下室,躲避了危险。

还有一个店主把女儿赶出小镇,勒令她远离那个当报社记者的心上人。可在记者向女孩发去"玛蒂尔达,请嫁给我吧"的电报后,两人竟分别带着一位牧师来到了他们各自附近的电报站,通过莫尔斯电码结了婚,婚后又返回了家乡。

战俘营的一名士兵用一片木头、一个剃须刀片、一支铅笔、一根安全别针和营地周围栏杆上的一根电线,制作了一台收音机。晚上,他收听到关于战事的报道,并把消息传递给战友们。

我把藏在书桌抽屉里的 Blue 55 的照片和那张乐谱取出,重新钉回了墙上。

人们只要渴望与他人交流,总能找到合适的方法。

我也会找到办法的。

21

我能不能自己设法前往保护区?如果在探险活动开始前,我及时赶到那里,所有人都会知道我对此事有多认真,并且明白我不仅仅是为了完成作业。即使我不能登船,当他们为 Blue 55 安装追踪器时,我可以留在保护区内看着它在海湾一边游弋,一边歌唱。

十二岁的孩子是可以独自搭乘飞机的。如果在哪一天上学时,我悄悄离开,在我着陆之前,父母甚至不会注意到我已经失踪。但是,开车到离保护区最近的机场也要三个小时。

我盯着电脑屏幕,仔细研究起地图来。要想见到 Blue 55,只要买一张机票,飞机可以带我走完大部分路程,但困难的是最后两百五十公里。要是我能乘着 Blue 55 的歌声,飞到它的身边就好了。我担心也许有一天,我再也感受不到它的歌声了。

我还没有想好详细计划,但我必须设法见到它。下了飞机后,我会乘坐班车或公交车,尽可能接近我心中的圣地。到了那时,父母也许会发现我的行踪,因为这对他们来说并非难事,但我不能因此放弃 Blue 55。

如何购买机票又是一个难题。我修理收音机虽然攒了些钱,但那是走不出多远的。即使我有足够的资金,我也需要用信用卡进行支付。我向后靠在椅背上,瞥了一眼摆满收音机的木架,然后坐到了床边的地板上。一个念头蓦地冒了出来,我虽然不喜欢,但又无法把它驱散。我在手机上调出给 Blue 55 的那首歌曲,用一只手感受着声波的颤动。我不是答应过它吗?

我用衬衫下摆擦掉那台菲尔科侧面的指纹。

我给贡纳先生写了一封简短的电子邮件,但仿佛过了一个小时,我才舍得点击发送。

我总是说自己决不会卖掉这台收音机,不过紧急情况下除外。

我在二手平台上挂了几台收音机,并选择在两天内拍卖它们,这样我很快就能收到货款了。

次日放学后,我匆匆赶回家,去拿那台菲尔科。我用一张旧床单包住它,以免机器被剐伤。不过,这样做也许是因为我不想再多看它一眼。

特里斯坦说他会带我去古董店。当他来到我的房间,看到我身旁放着一台用床单包裹的收音机时,他问:"这不是那台——"

"没错,"他还没说完,我就答道,"贡纳先生很想买下它。我不介意把它出手。"我把目光移开,不想让他看出这个谎言有多令人伤心。不过,实际情况也确实如我所说。只要放弃几台收音机,我就能得到更钟爱的东西。

"你能帮我搬吗？我在卡车里等你。"我从特里斯坦身边溜过，跑下楼去。

当我们走到门口时，贡纳先生看起来很高兴，他一定担心我可能根本不会露面。连我自己都不敢相信，我竟然真的来了。

等我长大以后，我会再找一台菲尔科，把它买下来。也许到时候，会有个像我一样的孩子，刚好出于某种不得已的原因需要卖掉它，以应付紧急情况。

我揭开床单，最后一次摸了摸这台收音机木箱的两侧。我停留的时间可能有些久，贡纳先生看着我，挑起眉毛，满脸疑惑。我只好放开手。

他跪在地上，仔细检查了收音机的每一面。从他的神色来看，他无疑对我的工作感到十分满意。他插上电源，扭开开关，笑眯眯地聆听着里面的音乐。

贡纳先生张开一只手，在面前画了个圈，然后握成拳头，意思是"太美了"。他在谢过我之后，伸手去取支票簿。

"谢谢。"离开前，我对他打手势说。我在特里斯坦前面匆匆走出商店，以免自己改变主意。

"啊，你竟然做到了。"特里斯坦回到卡车上后，对我比画道。

"你能带我去一趟银行吗？"

我们把车开进一条无须下车即可办理业务的车道,特里斯坦帮我把存单和支票塞进窗口里。

我用手指摸了摸指南针的外壳,望着窗外,佯装没有发现特里斯坦在盯着我。接着,他拍了拍我的胳膊,我不能再假装不知道了。

"你没事吧?"他问。

"没有呀。"我努力挤出一个微笑,希望他能相信我的回答,然后我在座位上调整了一下,就像平时一样。

没什么大不了的。

22

这周快周末时,我要到学校对面的银行去。我和爸妈一起去过那里很多次,所以我知道该怎么做。父母总是会出示驾驶证,我当然没有,所以我从妈妈的办公桌上拿了一份我的出生证明复印件。我会从自己的账户里取钱,接着去沃尔格林商城买几张预付信用卡,因为我曾经在那里的货架上看到过。我以前从来没有注意过这些,所以不知道它们的上限是多少。反正需要几张我就买几张,直到它们的金额加起来足够买一张机票。

我没有像平时那样随手抓起一条牛仔裤和一件干净的T恤穿上,而是换上了一条黑色长裤和一件带纽扣的白衬衫。我大步走进银行,好像我独自来到这里是件再正常不过的事。

我从柜台上拿起一张取款单,像和父母在一起时那样,在上面填写了相关内容。只不过,我写下的数字要比以往任何时候都大得多。

排队等候时,我告诉自己不要坐立不安。如果我继续摆弄取款单的一角或者项链,就会显得很紧张。我强迫自己站着不动,双手放在身体两侧,看起来就像个塑料模特儿。我深吸了一口气,想象着 Blue 55 的歌声传来,而我的双手正感受着那声音的震颤。

我前面那位顾客终于办完了手续，不知道干什么耽误了这么久。我走到柜台前，把取款单递给出纳员。她看了看取款单，又看了看我。我竭力让自己看起来更高一些。她对我说了些什么，我猜是关于身份证的，所以我打开出生证明递了过去。她又说了些什么，我没有看懂唇语，只好拿起柜台上那支用链子拴着的钢笔，示意她写下要说的内容。

她在一张空白存款单的背面写道："你父母在吗？这种类型的账户，他们当中必须有一个人签字，你才能提款。"

我看完后忍不住想哭。这可是我修理东西和卖收音机赚来的钱。我理所应当可以自己来取。我笑了笑，仿佛这根本不是问题，然后写道："他们工作很忙不能来，我会让他们签字，然后再回来。"

出纳员看完后摇了摇头，接着写道："不，我的意思是，他们必须到这里来，出示身份证件并签名。"

我把取款单和出生证明塞进背包，然后在便条上写下："哦，好吧，是我忘了。我们稍后再来。谢谢。"

在走出银行时，我微笑着向她挥了挥手，然后打了个手势。如果附近刚好有人懂手语，这个手势恐怕会给我惹来大麻烦。

我该怎么办？我之所以卖掉收音机，完全是为了攒钱去找 Blue 55，但现在却不能动这笔钱。就算我让爸妈取些钱，谎称自己要买一台收音机或一些零件，他们也肯定不会相信我需要那么多

钱。如果他们发现我少了几台收音机,我会告诉他们我想攒点儿钱,以便能买下更多废旧收音机,因为我喜欢修理这些东西。这话倒也不假,因为我确实打算等攒够了钱,再多买些收音机回来。只不过眼下对我来说,Blue 55 更重要。

我在银行外面骑上自行车,但没有立即回家。我需要找个能够理解我的人谈谈。

外婆慢吞吞地打开门,给了我一个拥抱后,坐在了靠窗的摇椅上。

好一阵子,我和她就坐在那里望着窗外。她看什么,我也看什么。但窗外除了几棵树和停车场以外,别的什么都没有。

外婆没有看我,可我还是比比画画,把心事一股脑儿倾吐出来。我告诉她,这件事我坚持了这么久,但还是失败了。我跟她讲了 Blue 55 的事情、我创作的歌曲、我的旅行计划、我卖掉的收音机,还有银行里我取不出来的现金。这些事情说出来也没那么难,或许是因为外婆根本没有看我,或许是因为她能理解我的感受,或许是这两者兼而有之。

不过,外婆应该知道我想要她看着我。我去找她,就是想把这一切都告诉她。只要她朝我这边看一眼,她就会知道我有多痛苦。我并不指望她能帮上什么忙,她只要对我说她为此感到难过就可以了。如果有人理解我的失望之情,告诉我一切都会好起来,我的情绪就会好很多。然而,外婆对此视而不见,好像我根本不存在似的。

"您知道,还有一件事很不公平。"我接着打手势说,而她仍然望着窗外,"不是只有您想念外公,我们只不过不能整天坐在那里伤心罢了。爸爸妈妈还要工作,特里斯坦和我还要上学。"

我的双手终于落到了膝盖上。我不知道该怎样表达自己的感受。我眼看就能见到那头鲸鱼了,可最后功亏一篑,仿佛我的手指已经触到了它背上的皮肤,它却突然潜入了海中。或许外婆清楚该使用哪个手势来表达这种悲伤,但我不知道。这既不是擦破膝盖的疼痛、头疼脑热的难受,也不是心有戚戚的悲痛,因此无法用普通的手语表达。与我失之交臂的是一头我从未见过的鲸鱼,这种感觉和失去外公不太一样。最能体现这种感觉的手势就是摸摸自己的心脏,仿佛它被穿透了一样。不过,这个手势也可能是说某个东西十分美好,令人怦然心动。

外婆转向我,打手势道:"在阿拉斯加哪里?"

好半天我才意识到她问了一个问题。我还以为她根本没注意我呢。

"哦,是——"我举起一只手代表阿拉斯加州,然后指着南部海岸的一个地方,"一个叫阿普尔顿的小镇。"这已经不重要了。但愿

外婆已经明白，我根本无法到那儿去。一想到还要再向她解释一遍，我的胃就隐隐作痛。

前一天晚上，妈妈来到我的房间，再次和我谈起 Blue 55。自从那天晚上吃饭时，大家聊天儿出了岔子后，我们一直在回避这个话题。妈妈希望这样我就能感觉好些，但是没用。

另外，当我打手语说我想念那头鲸鱼时，妈妈纠正了我，这让我更加恼火。我使用的手势是轻触下巴：当你关心的某个人不在时，就可以用这个手势表示思念。我感觉自己并没有用错。尽管我从未见过 Blue 55，但我的确很想念它。妈妈却告诉我，我表达的不对，我应该张开一只手，然后在面前握成拳头，好像在抓苍蝇一样。这个手势的意思是说，你想要抓住某样东西却抓不住，比如安蒂想要抓住 Blue 55，为它安装追踪器，可它却从安蒂身边溜走了。

是的，我的确会错过 Blue 55，但我不是这个意思。我所使用的手语不止表示"想念"，还与表示"失望"的手势类似。这一点我一直弄不明白，但现在我想通了。这两者的含义并没有太大差别。前者表示你所想念的那个人与你相距遥远，而后者表示你心中的愿望无法实现。

"我知道阿普尔顿在哪儿。"外婆打了个手势，把我的思绪拉回了谈话中。

"什么？阿普尔顿吗？您是怎么知道的？"

"有游轮会去那里。我记得我和你外公还打算过去看看呢。"

他们俩有时会乘坐游轮外出旅行,但我不记得他们去过阿拉斯加。"您原本打算什么时候去?"

"我们本来准备明年结婚纪念日时过去。"

我不知道他们计划在结婚纪念日时出行。他们的婚姻已经走过了近五十个年头。

"你外公一直想亲手摸摸冰川。"外婆没有再看窗外,而是一直盯着我。她已经很久不这样看着我了。

关于外公外婆的计划,我不知道该对外婆说些什么,但我会把这件事告诉妈妈。这倒不是为了改变她的想法,让她同意我去阿拉斯加。她已经明确表示不行,但我希望她明白,总有一天我们会去的。这可不是随便说说的"哪一天",而是终归会到来的"那一天"。我一定要去参观心中的圣地。那时,Blue 55 可能并不在那里,但我能看到它去过的地方。就是在那里,它听到了我为它创作的歌曲。不仅如此,我们还能找到冰川,替外公摸一摸。

"我们去吧。"外婆打手势说。

起初,我以为她和我的想法一样。我们可以跟爸妈商量,来一次家庭旅行。但外婆可没说"哪一天"。她不再晃动摇椅,而是凑近了我,把双手撑在椅子扶手上。

"您是说……"我说不下去了,因为我不敢相信她的提议。就算我没有猜错,我也不知道接下来该怎么办。妈妈已经说过不让我去了,但外婆的脑海中似乎冒出了一个不同的想法。

"你觉得怎么样?"她问。

我摇摇头,笑了起来,仍然不敢相信。正如安蒂所言,阿拉斯加路途遥远,人们不是说去就能去的。但外婆是那种说干就干的人,就像那天她不顾一切跳进冰冷的海水,想要把那头塞鲸推回大海中一样。

她既没有把目光移开,看起来也不像是在开玩笑。

或许我不会错过与 Blue 55 会面的时机了。虽然我历尽艰辛,只能瞥见它一眼,但为了这短暂的一瞬,我也必须坚持到底。从此以后,我就不会再这样想念它了。

我紧紧握住外婆的手,然后回答:"我想我们该去海上走一遭了。"

23

外婆让我不用担心我存在银行里的钱。"留着它做别的事吧,旅行的费用我来承担。"

如果选择坐飞机,即使飞到最近的机场,我们还得开三个小时的车才能抵达目的地,路上还有可能遭遇风雪,所以外婆计划坐游轮直接到阿普尔顿。

我们找了又找,发现只有一艘游轮既有客舱位,又在阿普尔顿停靠,不过我们得比原计划提前出发。

"我们要怎么做?"我问道,"比如准备出发的时候,我要怎么跟妈妈讲?"

外婆坐下来想了想,然后从咖啡桌上拿起日程表:"我们肯定不能一五一十地告诉她接下来的计划。"

"是的,她肯定不会同意的。只要学校不放假,她就不会让我去。"

"甚至永远都不会让你去。"外婆指着日程表上我们要离开的那个日子说,"瞧,这天刚好有往返瑟夫赛德海滩的一日游。我就跟你妈妈说,我想让你陪我一起去。这么说对我们俩都好。"

"您觉得她会同意吗?"我不敢相信我们真的在做外出旅行的

计划。这看起来根本不像真的,而更像是一场游戏,一场有趣的游戏。

外婆耸耸肩。"我会说服她的。我们是和大家待在一起,她知道我有多喜欢大海。再说,我们确实是去海滩呀。我们只是没有告诉她,我们会到达比海滩更远的地方。"

"更远的地方?"

她转过头,看着电脑屏幕,然后用鼠标点击"预订我的游轮"。"也就六千多公里吧,没什么大不了的。"

我一边笑,一边比画道:"这下麻烦大了。我们俩一定会摊上大事的。"

"可是很值得呀。"外婆用手语回答。

离开之前,我想和温德尔道别,于是发消息问他能不能过来找我,他回信道:"如果你的望远镜没有我的好,还不如来我这里看木星。"

杰克逊先生打开前门,把我让进屋里。他指着楼上说:"上面的景色很美。"

穿过二楼的游戏室,我走上露台,在温德尔的身旁坐下。直到我碰到他的肩膀,他才从望远镜上移开视线。

我弯下腰,按了按温德尔的头灯。他把镜头涂成了红色,这样光线就不会太亮,方便更清楚地观察星空。

在参观过温德尔所在的中学后,我每天都在想他在学校的生活是怎样的。也许他和我所学的内容差不多,只不过他的老师是聋人。也许他会边吃午餐,边和朋友们用手语交流。也许他还会在走廊上和路过的同学开玩笑。如果我能每天和他们待在一起,我也会成为他们中的一员。就算我们的手语有些不同,在和他们相处久了之后,我的手语也会与他们的更接近。

我赶紧打断了这个奢望,把思绪重新拉回了现实。现在想要转学根本不可能。如果妈妈发现我和外婆偷偷去了阿拉斯加,她肯定再也不会让我离开她的视线。

出人意料的是,妈妈竟然同意了我们出海旅行。我从楼上看到外婆过来跟妈妈谈论旅行的事。她从容不迫,面不改色,没有露出一丝破绽。她真是个好演员。离开之前,她让妈妈在请假条上签了字。在回房间的路上,我一直屏住呼吸,生怕妈妈会听到我的喘气声。直到回到房间后,我才如释重负地松了一口气。

我抬头仰望天空,问温德尔:"哪颗是木星?"

"看到那颗看起来很亮的星星了吗?"

"看到了。"

"但它不像其他星星那样一闪一闪的。"

我以前从没注意过。那颗看起来很亮的星星发出的光是稳定的,不像其他星星那样眨眼睛。

"这样的星体叫行星。"温德尔继续打手势说,"它比满天的恒星距离我们更近。恒星的光线经过很远的距离到达地球时,光量会减少很多,所以看上去忽明忽暗,像在闪闪发光。"

我通过望远镜观察着这颗行星。

"真了不起。"

他帮我指出木星周围的卫星。"有伊奥、欧罗巴、盖尼米德和卡里斯托。① 木星还有很多其他卫星,但我们只能看到这些。"

当他又转过去用望远镜看向天空时,我坐了下来,想着要怎么告诉他关于旅行的事。我碰了碰他的肩膀,他回头看着我。

"我有话要告诉你,是关于那头叫 Blue 55 的鲸鱼的。我必须去见见它。无论如何,我都要试一试。"

"啊!真的吗?太棒了!你爸妈改变主意,同意你去了吗?"

"这倒没有。他们对此一无所知。"

"你要自己一个人去?"

"我和外婆一起去。她想到了一个办法,可以带我去那里。如果 Blue 55 在保护区出现,我就能在那里见到它了。"

温德尔望着远处摇摇头,仿佛不敢相信我的话。连我自己都觉得难以置信。直到现在,这一切还像做梦一样。

---

① 四颗卫星又称木卫一、木卫二、木卫三和木卫四。

"然后呢?"他问。

"什么然后?"

"我的意思是,找到鲸鱼后。你打算怎么办?"

"我不知道。但是我觉得这首歌会让它明白,它并不孤单。我只是想让它听到这首歌。"

温德尔盯着天空沉默了一会儿。我开始担心自己犯了大错,也许他在想要不要告诉他的父母,接着他的父母就会告诉我的父母。这样一来,在旅行开始之前,妈妈就会出面阻拦。

他又一次透过望远镜看向天空,然后问道:"你知道太阳系里很可能存在过另一个巨大的星球吗?"

"另一个?"

"是的,除了木星、土星、天王星和海王星,还有第五个巨大的气体行星。"

"那后来呢?"

"后来木星把它撞出了轨道。因为有一天,它离木星太近了,所以木星就使劲把它撞出了太阳系。"

我抬头看着天空。"木星可真不讲理。"接着,我问温德尔,"那它现在在哪儿?"

"没有人知道。也许另一颗恒星把它拉到了新的轨道上,然后它就一直待在那个星系。没准儿它已经有了自己的卫星,或者它仍

在沿着木星把它撞到的轨道独自转动。"他耸耸肩,望着远方,"我知道这听起来很蠢,但有时我会想到那颗行星。如果有办法找到它,我肯定会去的。"

随后,他拥抱了我。我不记得我们上一次拥抱是什么时候了,也可能我们从没拥抱过。或许当时我们还是小孩子呢。我想告诉温德尔,这念头一点儿也不蠢,但我被他抱着,没法儿说话。

温德尔后退一步,好让我能看着他。"祝你好运。当你找到那头鲸鱼时,记得告诉我呀。"

24

那个星期里,每天早晨,我都会往书包里塞一些旅行必需品。放学以后,我就到外婆家把它们藏进她的衣橱。她的手提箱就像俄罗斯套娃一样,一个套着一个。我们每天都会坐在她衣橱外的地板上,往小手提箱里添加行李,而那个中号手提箱早在买票的第二天,就已经被装满了。

我一直在读《阿拉斯加度假必备物品》之类的文章,所以知道该带些什么。在前往阿拉斯加旅行时,人们总是会忘记很多东西,比如没有准备足够的装备,以应对寒冷的天气。他们认为既然是夏天,那里不会有多冷。但其实阿拉斯加的夏天也非常冷,尤其是在晚上。乘船旅行更是如此,因为海风很大,所以一件厚外套还不够,你还必须带上手套、帽子和厚袜子。

当然,我住在温暖的休斯敦,所以没有这些东西。梳妆台抽屉的角落里有一双我几乎没戴过的手套。即使在冬天,我也只需要把手放进口袋里。我的袜子都是白色的,而且质地较薄,每包六双,是从塔吉特百货商店买的。我特意多打包了几双袜子,这样我就可以一次穿两双。我的灰色运动连帽衫上带有帽子,可以戴在头上。另外,我的头发十分浓密,就算要坐雪橇穿过北极冻原,它们应该也

可以为我保暖。

星期六早上,离家之前,我把最后一点儿行李塞进了书包。我马上就要去外婆家了,所以给了爸妈每人一个超长的拥抱。爸爸问我还好吗。

"很好呀。"我回答,事实也的确如此。这是我做过的最重要的事。我很紧张,但更多的是兴奋。

"去海滩好好玩儿,"妈妈告诉我,"有需要随时打电话。"

我只能点点头作为回答,然后走出了家门。

也许在我回来之前,他们都会担心,但从某种程度上来说,我的离开对大家都是一种解脱。我不用再向父亲解释什么,他也不用再向我解释什么了。他们也像是在度假。

特里斯坦和亚当正站在路旁,他们打开亚当卡车的引擎盖检查着什么。这没什么奇怪的。亚当的卡车老是抛锚。有一次,我正好靠在车身上,特里斯坦发动了它。这辆车瞬间剧烈抖动起来,就像割草机一样。

"车子怎么了?"我问,"我知道它有一堆毛病,不过你现在是在修什么?"

"车子不能发动,"特里斯坦答道,"也许需要换块新电池。"

"怎么闻起来怪怪的,"我对他说,"有点儿像烧烤的味道,不过是不好闻的那种。"

"是呀,亚当上次修车时,掉进去一个芝士汉堡。它就一直卡在里面了。你觉得怎么样?"

"我觉得就算把剩下的汉堡取出来,他也最好别吃了。"

特里斯坦从卡车底盘上抓起一盘跨接电缆。我一打开电池上的塑料盖,立刻发现了问题。我指着已经腐蚀的结块告诉他:"把这些清理掉,也许车就能打着了。"

当特里斯坦把我的话告诉亚当后,他笑了笑,翻了个白眼。我看到特里斯坦暗暗用眼神警告着他。"这没什么大不了的,"亚当说,"肯定是其他问题。"

如果是在平时,我一定会把交流发电机的电线放进书包里带走,直到亚当承认我是对的,我才会还给他。但是几个小时后,我就会离他们很远了,爸妈可不会让这辆破车在车道上停一个星期。

"这些电池线乱七八糟的,已经连接到别的东西上了。用小苏打清洁一下,或者往上面倒点儿可乐吧。"特里斯坦帮我翻译完这段话后,我问他:"早餐想去吃炸玉米饼吗?我还得有一会儿才能见到外婆呢。"

他摇摇头:"我得留在这儿帮忙修车。我们明天去,好吗?"

"我告诉过你,把可乐倒在上面,车子立马就能发动。"

"好的,我们会试试看。晚些再跟你聊。"

我差点儿就告诉他,随后的几天我都不在家,但我什么都没

说,骑上自行车出发了。

我家周围有很多墨西哥餐厅,每一家餐厅我都去过。最好吃的玉米饼要数"卡洛斯加油站"的了。这家店的一边是便利店,另一边是咖啡馆。店主卡洛斯一家人都在这里工作。

我点了土豆加蛋和奶酪玉米饼,为了让自己看起来更像大人,我还点了一小杯咖啡,而平时我只喝巧克力牛奶。不过,我只尝了一口咖啡,就把它倒了,然后用餐巾纸拼命擦掉舌头上的残留。怎么会有人爱喝这种玩意儿?我回到柜台,又点了一杯巧克力牛奶。

我坐在餐厅里,一边吃饭,一边看着周围的人,有的在看报纸,有的趁着上班前和其他人闲聊几句。我真想把我的旅行计划随便告诉一个人。我从来没有隐藏过这么大的秘密,现在它简直快要自己跳出来了。于是,我干脆用手语比画起来,反正店里没人能看懂。这个方法让我既释放了压力,又保守了秘密。

吃完最后一口玉米饼,我把包装纸揉成一团,然后打手势说:"我该走了。我可不想错过航班。我马上就要见到那头鲸鱼了。"

准备离开停车场时,我看见特里斯坦和亚当正开着卡车迎面驶来。显然,他们终于修好了车,有时间来吃玉米饼了。我差点儿就回去找他们聊天儿。如果看到我,特里斯坦也许会用手语告诉我"你刚才说的对",或者诸如此类的话。

正因为如此,我才想转身回去。我可不是为了跟他们道别。

25

虽然时间还早,但我还是尽快骑车赶到了外婆家。这样一来,万一旅行计划出现什么小差池,我们还有弥补的机会。要知道,有时做一件事要花的时间会比预想的更长。就像修理那台老古董菲尔科牌收音机时一样。想到这儿,我因为难过,胃一阵阵抽搐。我怀念有它陪伴的那些夜晚。我把手放在收音机上,感受广播节目带来的声波振动。事实上,卖掉收音机换来的钱,我碰都不想碰。

我摇摇头。关于收音机我什么都做不了。如果还没有人买走它的话,也许我还可以从贡纳先生那里重新买回来。

我刚按响门铃,外婆就把门打开了。她一定是一直站在门口等我,或者是一看到门铃亮灯就飞奔到了门口。她穿着一条鲜艳的绿色连衣裙,戴着一条长长的项链,项链上交替镶嵌着绿色和金色的小花。她仔细梳理过的头发像长长的银色瀑布一样披散下来。

我们打开藏在外婆衣柜里的手提箱,对着清单一一检查,确保没有遗漏任何东西。离开公寓前,我们做的最后一件事,是在每个行李箱的提手旁绑上一个蓝色的游轮标签。标签上有船舱号,旁边还印着我们的名字。看着它们,我顿时觉得旅行计划即将变为现实。我们真的要出发了。晚些时候,我们就会把这些行李带上游轮。

我们乘电梯来到公寓的一楼。电梯门开了,我们向右边的出口径直走去。向左转是大楼的前台,工作人员如果看到我们拿着行李去前台,肯定会觉得奇怪。

我们把行李装进车里,中间没有人停下来询问。

"准备好了吗?"外婆坐上驾驶座问道。

"我们这就去找那头鲸鱼吧!"我回答。

我还没说完,外婆的汽车就飞速驶出了停车场,一路向高速公路奔去,我赶紧抓住了扶手。

"慢点儿!"我用一只手比画道,另一只手仍然抓着扶手。但外婆并没有慢下来,她不断变换车道,飞也似的把一辆辆汽车甩在身后。也许驾车出行是个坏主意。她最近没怎么摸过车,更别说在高速公路上行驶了。如果我们被警察拦下,或是出了车祸,那就连机场都到不了了。

外婆大笑着比画:"我们的冒险开始了!"

"小心看路!"打完这个手势,我没有再比画任何动作,这样她就不会一只手脱开方向盘,或是眼睛离开路面看别处了。还好我们安全抵达了机场。外婆终于放慢速度,找到一个车位停了下来。我松开扶手,重重倒在椅背上,长舒了一口气。在安检处经过了漫长的等待后,我们还有充足的时间走到登机口。我真想拉住外婆的手,立即飞奔到飞机上。可惜,我们离登机还有足足一个小时。

我们找了一家咖啡店坐下来,外婆点了杯咖啡,我要了一杯柠檬冰红茶。柠檬冰红茶比普通的柠檬汁更像成年人喝的饮料,但却比咖啡的味道要好。我们分吃了一个巨大的蓝莓蛋糕。它是如此美味,让我难以分清这到底是因为机场的食物本来就很好吃,还是因为我们即将要开始的旅行让一切都显得如此美好。聊天儿时,我注意到外婆打手语的速度比平时更快,更兴奋。这与她那天的打扮很相称,就仿佛她的手语也染上了鲜艳的颜色一样。她比画手语的样子,就像过去外公还在世时那样,我猜想此刻她是不是觉得外公也和我们在一起。为了避免错过她的手语,我吃东西时也抬着头,不敢看盘子里的食物。

我们在咖啡店仿佛也没待很久,但我看了看时间,就快要登机了。因为机票买得晚,我们几乎坐到了最后一排。外婆示意我坐到靠窗的位置,但我告诉她那是她的。我希望让她尽可能享受这次旅行。因为如果没有外婆,我就不可能坐上这架飞机。

我关掉了手机里的卫星定位功能。我找外婆要她的手机,好把她的也关掉。虽然不想让父母担心,但我也不想让他俩追踪到我们。

"等一下,我得先给你妈妈发条消息。"发完消息后,她把手机递给了我。

"您跟她说了什么?"关掉卫星定位功能后,我问外婆。

"我让她别担心我们,我跟她说我们要去比瑟夫赛德更远的地方,所以可能要晚几天才回来。"

我们手牵着手相视而笑。飞机在跑道上加速,然后腾空而起。这再也不是一场游戏、一个愿望或是一个计划,而是一次真正的旅行。我好久都没见到外婆这么高兴了。

这次旅行真是一石二鸟,爸爸肯定会这么说。我可以看到鲸鱼,而外婆可以做回她自己。

到了旧金山,我们取过行李后,搭摆渡车到了游轮码头。一艘艘巨大的白色轮船静静地停在海面上,等待游人登船。我找到了我们的游轮"海妖"号,并指给外婆看。这艘轮船将把我带到 Blue 55 的身边。

因为离登船时间还早,我们开始在四周转悠。此前我一直过于兴奋,一点儿都没感觉到饿,但现在肚子咕咕直叫,那响声简直像飞机起飞时一样。虽然特里斯坦并不在场,但我还是赶紧捂住了肚子。

"吃午饭吗?"我指着不远处的海鲜餐馆问。那儿有露天座位,还能看到海景。

外婆拉着我的手走了过去。餐馆领座员把我们带到码头一隅的一张小桌旁。我们打开菜单,指向了同一道菜——一个囊括所有前菜的大拼盘。

看着眼前的海浪，我觉得这里空气的味道甚至比那台老式收音机更能让我感到欢喜。

我们的面前就是大海。

登船的手续非常烦琐，就像登机程序一样。更糟糕的是，游轮近在咫尺，我们却没法儿上去。只要还没平安上船，我的心就一直悬着。登船的每一个步骤以及排在我们之前的每一个人，都成为阻隔在我和 Blue 55 之间的障碍。

服务台前排起了长长的队伍，漫长的等待过后终于轮到我们。一个留着金色长发的女人把船卡递给了我们。船卡看起来就像信用卡一样，可以在船上买东西，随后每一次登船离船，我们都要刷卡。

在谢过了女服务员后，我们又站到另一个队伍后，排队上船。队伍末尾的工作人员拿着一个像外星手枪一样的东西。我们学着前面的人，把船卡递给了她。她挥舞着"手枪"扫描了卡片上的条形码，然后把卡还给了我们。

在金属舷梯口，一位工作人员拦下了我们，要给我们照相。我们背后的墙上挂着一块"旅途愉快"的牌子，旁边是一幅冰川和蓝色海洋的巨幅绘画。外婆搂住了我，我们面对相机，以阿拉斯加的

风景为背景,拍下了一张照片。

这一刻终于到来。虽然离见到 Blue 55 还有好几天的时间,但我却感到梦想已经实现。在准备跨进船舱时,我停了下来。

"你还好吗?"外婆问道。我笑着握紧了她的手。在这一刻之前,这次旅行只是一个计划。但只要我们上了船,一切就成真了。我们会离开大陆,找到那头鲸鱼。外婆站到我身旁,仿佛她明白我多想留住这一刻似的。我在想她是不是也像我一样,在一本好书读到最后一页时,会舍不得一口气看完。

我一只手牵着外婆,另一只手示意"我准备好了",然后深吸了一口气。我们一起跨进船舱,来到了铺着绒毛地毯的船上。

我们在游轮的五层找到了自己的房间,一个深棕色皮肤的女人穿着黑色裤子和带有金色纽扣的浅蓝色衬衫,笑容可掬地望着我们,仿佛我们的到来对她来说就是最好的消息。她和我们握了握手,说了几句话。我猜她是在自我介绍。她金色的名牌上写着"乔乔,船舱服务员,加纳"。外婆向她介绍了我们,告诉她我们听不见。乔乔从口袋里拿出一张名片,在背面写了些什么,然后交给了外婆。

我凑过去,看到上面写着:如果您有任何需要,请让服务台呼叫我。

乔乔打开房门,递给我们每人一张传单,上面有游轮的内部结构图,还有当天的活动时间表。接着,她带我们参观了舱房,但全程只花了两秒钟,因为船舱的大小跟我的卧室差不多。

乔乔离开后,外婆说她想休息会儿。虽然经历了漫长的奔波和排队等候,我还是不想这么早就睡觉。外婆让我自己到船上走走。

我先是在第十八层的甲板上发现了一个游泳池。但这还不是船的最高点,上面还有两层甲板,那里有好几个游泳池和热水浴缸,还有一个游戏室。人们聚集在酒吧附近,端着鲜艳的粉色饮料和黄色饮料,玻璃杯的边缘还插着小纸伞。这艘船就像一座漂浮的城市。即使我花上一周的时间去探索,恐怕也没法儿参观完船上的一切。不过,我还是想尝试一下。我跑来跑去,到处参观,好像我只能在船上待一天似的。

船上还有几个酒吧和餐厅。礼品店和网吧与服务台同处一层,甚至还有一个图书馆。

我的胃里突然一阵翻腾,有种奇怪的感觉。我焦躁不安,就好像忘记了什么事情一样。也许是因为我一直忙于制订和 Blue 55 见面的计划,而此时此刻除了等待,我突然无事可做了。

在当天下午的安全演习中,工作人员将我们这层楼的所有人都召集到一间酒吧。他们向我们演示了如何穿戴救生衣,并指给我们救生艇的位置。这样一来,即使船撞上了冰山,我们的结局也不会像泰坦尼克号上的乘客那样。

随后,我们站在甲板上,看着即将驶过的海面。那颜色和我以前看到的不太一样。墨西哥湾的海水总是有些浑浊,而这里的海水是湛蓝色的。海狮懒洋洋地躺在港口的木制码头上休息。

越来越多的乘客端着插有小伞的果汁饮料,在我们周围晃来晃去。我手握船舷,感受着栏杆的震颤,然后环顾四周,想看看是什么那么吵闹。我们周围的人拍着手,他们大张着嘴巴,好像是在大笑和欢呼。

外婆抬起头,用手遮住戴着助听器的耳朵。

"发生了什么事?"我问。

"是雾号的声音。"她放下那只手,接着对我比画道,"要开船了。"

伴随着船身一阵晃动,游轮从码头上抽身离开。现在就算家里人想知道我和外婆去哪儿了,他们也只会发现,我们已经乘船离开。

26

我没在船上看到别的小孩儿,这也并不奇怪,因为学校还没放假。但是那天晚上在"欢迎登船"的派对上,游泳池另一边的一个女孩向我挥了挥手。她和我年龄差不多,一头乌黑的直发,浅棕色的皮肤,戴着一副必要时我也会戴的那种眼镜,因为黑色的镜框会让人显得很聪明。我也向她挥了挥手。她看起来要过来和我说话。虽说我是为了 Blue 55 而来,但再怎么样我也得等船开到目的地。在此期间,如果有人能跟我聊聊天儿,那也挺好的。大多数乘客的年纪看上去比外婆还要大。外婆拍拍我的肩膀问:"吃晚餐吗?"她喝完最后一点儿饮料,把杯子上的小伞别到了耳后。我点点头,回头看了看那个女孩,又朝她挥了挥手,离开了甲板。我会晚些再过去找她。

餐厅的每张桌子都盖着白色的桌布,桌上放着银色的花瓶。一些人坐在大圆桌旁,其他人则坐在软座或四方桌旁。我和外婆找了一个靠窗的桌子。服务员的名牌上写着"康斯坦丁,罗马尼亚"。他打开餐巾,把它铺在我的膝头。

这是我去过的最好的餐厅。当我打开菜单时,我突然很担心。

"上面没有价格。"我向外婆打手语说。

"你想吃什么就点什么,"她回答,"费用全部包含在船票里了。"

当然。这餐厅和地面的其他餐厅一样,以至于我忘了这是在船上。

"没关系,"她又比画道,她大概看出了我很尴尬,"在船上的某些餐厅里,最后确实需要付钱,但是这间和另外一个自助餐厅不用。"她看了看菜单说:"我们可以点两道不同的菜,然后一起吃。"

当康斯坦丁拿着一篮面包卷和黄油碟回来时,外婆告诉他,她想要罗非鱼配米饭和清蒸蔬菜。在和他沟通的同时,外婆还打着手语,这样我就知道她点了什么。接着康斯坦丁转向我,我指着鲑鱼配土豆泥。他说了些什么,我还没有听懂,他就把菜单翻到了甜品的页面。所有甜品看起来都很好吃,不过有些我连名字都没听过。外婆打手语道:"我来份芝士蛋糕。你想要哪个?"

我想说"一样来一个",但最终决定选择奶油布蕾。"不知道这是什么,但我想尝尝。"

我向康斯坦丁指了指奶油布蕾,外婆笑着比画道:"选得不错。"

见到外婆笑了,我感到很高兴。我知道她永远都不会停止思念外公,但也许这次旅行能帮她重新找回自我。自从我们开始计划出行,她阴郁的心情似乎一点点变得晴朗起来。

窗外的海面看起来平静而光滑，只有游轮驶过时才会掀起白色的浪花。

外婆摸摸我的肩膀，然后打手语道："快看！"

我转过身去，想看看是什么让她这么吃惊。露出海面的深灰色三角形让我首先想到了鲨鱼鳍。但是紧接着，它们五个一起跃出水面，在空中画出弧线后又潜入海中，随后再次跃出水面。

"海豚！"

外婆拍着手。"是的！看起来它们是在和轮船比赛呢。"这群海豚就跟在船边上，一会儿跃起，一会儿又潜下去。能在旅途一开始就看到它们，这真是个好兆头。

我猜想外婆也许希望外公能在场，和她一起看海豚。他们本该一起乘坐游轮旅行的。我想问问她关于外公的事，但又觉得提到外公可能会让她难过。不过，她也可能一直都在想着他。如果是这样，我提起外公也许并不会那么糟。

"您最喜欢的游轮之旅是哪一次？"在康斯坦丁给我们上过菜后，我问道。

她用叉子叉了一大块罗非鱼给我。"很难说，我都喜欢。过了这么久了，我都不记得自己去过多少海滩了。但是我最开心的记忆是我们唱卡拉 OK 的那一次。"

"真的吗？"在他们旅途上的所有娱乐活动中，看着其他人唱卡

拉 OK 怎么会是最有趣的事?

"是的。我想那是在去牙买加的船上。晚上我们在船上四处闲逛,听到其中一间酒吧里传来很大的音乐声。"外婆一只手捂住耳朵,就像雾号响起时那样。然后她双手在胸前翻飞,告诉我超重低音如何让地板都颤抖起来。

"那个酒吧名叫卡吕普索①。我们走进去准备喝一杯,顺便看看发生了什么事。在那里,我们第一次看到了卡拉 OK 机。我们坐着看了几分钟,然后我们把姓名写在单子上,等着轮到我们。"

"您和外公?唱卡拉 OK?"

"是的。歌词就打在屏幕上,本来是给唱歌的人看的,但这也让我们能欣赏到歌词,而不仅仅是看着别人唱。"

"那么轮到你们的时候,你们做了什么?"

"我们用手语唱了一首我俩最喜欢的歌!我们翻看了一大本歌单,里面有那个酒吧可以播放的所有歌曲,其中一首歌来自我俩上大学时就用手语翻译过的一部音乐剧。"

"那后来你们站起来,一起唱了这首歌吗?"我绞尽脑汁,还是无法想象外公外婆在酒吧里唱卡拉 OK 的样子。

"是呀!当我用手语比画歌词时,你外公开始让其他人跟着我

---

①原文为 Calypso,荷马史诗《奥德赛》中的海上仙女。

们一起唱。他总是很善于鼓励别人参与。这点你和他很像——你们都善于和不认识的人交流,而我总是躲在自己的世界里,不知道该对别人说什么。"

外婆一定是想到了其他什么人,但我没有问她为什么那么说。谈到外公,她看起来很高兴,我不想打断她的回忆。

"当歌曲结束时,大家都站起来为我们喝彩。我俩准备回到座位上时,接下来的一对夫妇问我们能否在他们唱歌时为他们打手语。于是我们就做了整整一个晚上手语翻译。很多歌我们都没听过,但是我们竭尽所能,译出了屏幕上的歌词。"她耸了耸肩,"就算弄错了又怎样?反正没人知道。"

我简直不敢相信,我从没听他们讲过这个故事。等回家后,我一定要问问妈妈。不过也许连她也不知道这件事情。我很想知道,此时此刻爸妈在想什么。计划顺利进行,而我就在船上,正像我们计划的那样。但同时,就算我并非总能听懂爸妈谈论的内容,我也还是希望自己能和他们在一起,坐在餐桌旁。眼下他们一定已经开始担心或者生气了,也可能是既担心又生气。但是,如果我打电话告诉他们我们一切都好,那肯定还得解释其他很多事情。有很多说法我一直搞不懂,比如"把猫从书包里放出来"[①]。这和吐露秘密有

[①] 英语俚语,意思是不小心吐露秘密。

什么关系?而且为什么会把猫放在书包里?

我没有意识到自己在笑,直到外婆用两根手指摸了摸鼻尖,我才回过神来。她耸耸肩问道:"有什么好笑的?"

"我只是在想爸爸,"我回答,"他说的一些话……"

"就像他说'让我们开路吧',那样子看起来像是准备把道路劈开一样?"

"没错,就是这样。"当爸爸给我看他曾经听过的座头鲸唱片时,我真应该给他看一下那个网站,上面有各种鲸鱼的歌声。或许他也想再次听到它们的声音呢。不知道他从什么时候开始不再听鲸鱼唱歌了。

点的菜没有吃完,外婆和我就已经饱了,但是当康斯坦丁将甜品摆在我们面前时,我们的肚子还是能奇迹般地腾出地方,装下它们。除了糖和某种奶油外,我还是不确定这个奶油布蕾是用什么做的。无论是什么,这都将成为我最喜爱的食物。

当康斯坦丁回来清理我们的盘子时,他递给我一张纸条,上面写着:"请问'美女'的手语是什么?"初学者要学手语其实有点儿困难,但他练习了几次,做得还不错。

当我们起身离开时,他对外婆打手语道:"再见了,美女。"

我简直不敢相信。外婆竟然脸红了。

当我们回到房间时，我们门旁边的透明塑料信箱里放了两份行程单。我坐到床边，给了外婆一份，自己翻看着另一份。

我挥挥手引起外婆的注意，等她抬起头后，我问她："明天您想做什么？"

她翻了一下日程表："我不知道。也许去赌场试试运气吧。"

当我浏览第二天的活动安排时，有一项活动引起了我的注意。船上的博物学家苏拉·基拉布克将会举办一场有关阿拉斯加野生动物的演讲。阿拉斯加的野生动物肯定包括鲸鱼。我们要几天以后才能到达保护区，但在那儿之前，我可以借此进一步了解 Blue 55。说不定苏拉也认识它呢。外婆没有使用付费无线网络，所以在船上的这段时间里，我没办法查看它在哪里。哪怕只是知道它在哪个方向，我也会感觉好些。

27

Blue 55 对着海洋里的所有生物大声呼唤,但谁也听不懂。接着,它停下来倾听。周围的海水里充斥着嘈杂的声响。海豚在水面上跃起,聒噪不休。海浪不停地翻滚着。一群鱼儿争先恐后地游过时,水中的气泡爆裂开来。鲸鱼低沉的歌声漂洋过海。在充满各种声音的大海里,没有一个声音与它的一样。

它试着去倾听那些它根本不会唱的歌曲,试着去捕捉歌声穿过海水时激起的阵阵涟漪。

如果能够捕捉到,它就会一直记住,直到这个声音成为它身体的一部分。然后,它就能以同样的声音做出回应,让歌声穿过大海,等待同伴听到并做出回答。

海洋中有没有和它一样的鲸鱼?它不停地叫着喊着,生怕错过自己的同类。

28

我以前吃过自助早餐,但完全比不上船上的这种。这里简直就像是把我去过的所有餐厅的每顿餐食全都放到了一起。想每样都吃一遍是不可能的。我从没在同一顿饭中同时吃到法式吐司、华夫饼和薄煎饼。虽然可供选择的游轮不太多,但我们还是做出了明智的选择。

我出发去听野生动物讲座时,外婆正躺在游泳池旁,惬意地望着大海。我找到了要举行讲座的大剧场,里面有很多舒适的红色座椅和一个舞台。离演讲开始还有一段时间,所以只有几个人零星地坐在剧场里。

坐在前排中间的,是我前一天晚上在游泳池旁看到的那个女孩。我坐到了她旁边的座位上,顺手从口袋里拿出了笔记本和笔,我猜或许她也喜欢鲸鱼。

有两个人站在讲台旁,调试着麦克风,准备即将播放的幻灯片。那个拿着麦克风的人长着黑色的直发和浅棕色的皮肤,和我身旁的女孩很像。

"我叫艾莉丝。我是聋人。"我在笔记本上写道。

读到她的回复,我笑了。

"我叫本妮。我不是聋人。"很好,她一点儿也不怕我。

"你喜欢鲸鱼吗?"我问,"或者其他动物?"

"大多数动物我都喜欢,特别是鲨鱼。我想成为专门研究鲨鱼的生物学家。"

和鲨鱼一起工作?不光不怕我,看来这个女孩什么都不怕。

她补充道:"每年夏天妈妈在船上工作的时候,我都和她一起来。"

我指了指讲台旁的那位女士。本妮点点头。

"马上回来。"她写道。她走到舞台前面,向她妈妈挥手致意。苏拉俯身与她交谈,本妮朝我的方向指了指,苏拉随即看了我一眼。苏拉回到电脑旁,而本妮则跑回我旁边的座位坐下。

观众陆续入座,看向舞台。苏拉开始对着麦克风讲话。我们坐在剧场的前面,座位近到我可以看清苏拉的口型,甚至听懂了她说的一些话。苏拉说话时好像是在看着我,而且她把麦克风压得很低,所以我能看清她的口型。本妮一定已经告诉了她我听不见。那天早上,外婆说她本应该为我俩请一位手语翻译的,但是一切发生得太快,以至于我们离开之后她才想到。我根本没有考虑过这事,因为我压根儿不知道游轮上也会有手语翻译。

灯光很快暗了下来,幻灯片演示开始了。在苏拉解释幻灯片上的内容时,聚光灯一直停在她身上,不过借着屏幕上的图片、视频和文字,我不用看她也能明白她的演讲内容。

阿拉斯加的确有很多野生动植物,以至于我以为我们永远也不会谈到鲸鱼了。我得承认,这的确很有趣。黑熊并没有我想象得那么可怕。它们几乎不怎么打扰人类,只要你避开它们的活动区,或是在进入它们的领地时发出一些声响,以免突然出现吓到它们。灰熊则是另外一码事。无论是否出于意外,没有人想跟它们正面对峙。

在看完秃鹰、山羊、海豹和海狮的照片后,我轻轻碰了本妮一下,在笔记本上写道:"会讲到鲸鱼吗?"

"鲸鱼在最后。"她答道。

这也许是苏拉的演讲方法,将最有趣的动物留在最后,这样就能让每个人都坚持听完整场演讲。

最后,她终于讲到了鲸鱼的部分。

在题为"气泡网捕鱼"的幻灯片上,苏拉展示了一群座头鲸捕食的照片。她点开一个视频链接,标题是《鲸鱼观察者目击气泡网捕鱼现场》。

座头鲸常常集体捕食猎物。它们首先会包围一群小鱼。随着包围圈越来越小,鱼儿越聚越紧。当鱼群紧紧聚在一起后,一头座头鲸会率先从气孔吹出气泡,其余的座头鲸则继续缩小包围圈。人们之所以将这种方式称为"气泡网捕鱼",是因为鱼不能在气泡中游

动,所以气泡能像网一样让猎物留在原地。然后,叫声最大的座头鲸会潜到鲸群下方,发出捕猎的吼叫声。那吼叫声会刺激鱼群聚拢得更紧,直到它们为了逃脱这种声音而跃出水面。

我想知道一群座头鲸是如何确定谁发出的叫声最大,或者谁的泡泡吹得最好的?它们也需要进行测试吗?从读过的文章中,我知道座头鲸很聪明,但使用这个方法真的需要周密的计划。苏拉也许知道。在演讲的结尾,我问本妮能不能把我介绍给苏拉。她点点头,指了指走廊。

苏拉坐在一张堆满了书的桌子后,人们已经在排队和她交谈。她为每位购书的读者签上姓名。在此期间,本妮和我在笔记本上聊天儿,不时夹杂着一些手势。我得知她们来自加拿大北部,一个特别寒冷的地方。

排在我们前面的那个女人喋喋不休,她仿佛讲到了阿拉斯加的每种动物,而且似乎还有成千上万个问题等着询问。我一边等待,一边把身体的重心从一只脚转到另一只脚上。等前面的女人终于走开后,本妮把我介绍给了她的妈妈。苏拉伸出手说:"很高兴认识你。"握手后,我把写在纸上的问题拿给她看:"气泡网捕鱼,它们是怎么想出来的?"

她写下答案,然后把纸条递给了我。

"我们也不确定。太神奇了,不是吗?"

好吧,是的,但这算什么答案?

"但我想知道它们是怎样沟通的。"我写道,"它们是怎么想出这种捕鱼方法的?"

我知道收音机的每个零件是如何相连的。难道研究鲸鱼的科学家不该知道它们彼此之间是如何交流的吗?

"这正是科学有趣的一面。"苏拉写道,"保持好奇心。假如知道所有答案,我们就没有探索的必要了。"

好吧,对我来说,这可不是什么有趣的事,因为很多问题没有得到答案。

本妮对她妈妈说了些什么,苏拉的回答看起来像是"好主意"。

她翻到笔记本的下一页,写道:"明天我会在桥楼上介绍鲸鱼观光的地方。欢迎你加入我们。我给你们留着最好的位置。"

"在哪里?"我写道。我在探索这艘游轮时,并没有看到任何像桥的地方。

"在第八层。本妮可以带你去。"

这听起来真不错——有机会在野外看到鲸鱼。或许外婆也想要看看。

"什么时候?"

"我凌晨五点到。你知道人们常说:早起的鸟儿有鲸鱼看。"不,没人这么说,连我爸爸都没有说过这么奇怪的话。

本妮拿起笔记本："明天六点一起吃早餐吧？"

"好的，我问问外婆。"

苏拉写道："也欢迎她来。"

外婆不喜欢那么早起床，但我还是会问问她。我也不是一个爱早起的人，但如果鲸鱼都那么早起床，我也能做到。

"你知道 Blue 55 吗？"我问苏拉。不知道它现在游到哪里了。

如果她不知道，我已经准备好告诉她有关 Blue 55 的一切，还有写给它的歌曲，但她笑了笑，从口袋里掏出了手机。手机屏幕上的蓝色图标显示"追踪 55"。她打开这个应用程序，弹出来的地图上出现了一条黑色虚线，线的末端有一个闪烁的蓝点。这和我在网上看到的地图很像。

"是它吗？"我写道。

"是的。这个应用程序显示了最近一次接收到它声音的地方，但是距上一次听到它的声音，已经有一段时间了。"苏拉放大地图，然后指着我们的身后和右侧。上一次它就是在这个方向上。

在向苏拉和本妮表示感谢后，我跟她们道了晚安，乘电梯到了顶层甲板。我站在轮船的栏杆旁，朝着苏拉指给我的方向看去……

我觉得自己离 Blue 55 越来越近了。

29

第二天,本妮在自助餐厅门口等着我。前一天晚上,我告诉外婆,她们邀请她和我一起去桥楼上看鲸鱼,但是当我告诉她见面时间时,她躺在床上翻了个身,好像只是想想要这么早起床,就已经感到很疲惫了。"如果有鲸鱼能醒得晚些,我再去看它们。"外婆比画道。

本妮带我穿过用餐区,我耸耸肩,意思是问:"我们要去哪儿?"她指着餐厅的后面,然后竖起了大拇指。

我以为自己已经很熟悉这艘轮船,但这里仍然处处充满惊喜。本妮带着我从排队吃饭的人们身旁走过,穿过一个又一个用餐区,几乎到了甲板的最后方,这里也有一排自助餐台,摆放着与第一个用餐区完全相同的食物,但是这里没有长长的队伍。在此之前,我像大多数人一样,都是挤在第一个用餐区排队的。

我们端着鲑鱼鸡蛋和香蕉华夫饼,坐到了舱外的一张桌子上,这样可以看到海景。我把笔记本和笔放在我们之间,本妮从外套口袋里掏出一条卷好的藏青色围巾递给我。

我指着自己,做出口型问:"给我的吗?"

她点点头,指了指我,然后搓了搓双臂,假装发抖。是的,我一

直觉得很冷,但我不知道自己表现得那么明显。昨天夜里,我把外套的拉链拉到了最上头,冷风还是顺着我的脖子往里灌,让我胸口冰凉。

"谢谢。"我打手语道。我把围巾围在脖子上,本妮站起来,帮我把围巾沿着外套的衣领塞了塞。果然暖和多了。

她在笔记本上写道:"我想大概需要借你条围巾,因为你看起来好像没带。你已经放假了吗?"

前一天晚上,本妮告诉我,她的父母让她在家上学。但当妈妈在游轮上工作时,她就会在船上学习。我曾想过随便编个自己不在学校的理由,但我突然觉得即便告诉她真正的原因也没什么。虽然我们才刚刚见面,但我却觉得仿佛我们已经认识很久了。

我摇了摇头,写道:"学校还没放假。我现在必须来,因为我想见到 Blue 55。"

本妮扬起了眉毛,她一边看纸条,一边张大了嘴巴,说:"你要见它吗?我是说,哦,对不起,我忘了——"

当她伸手去拿笔时,我向她摆了摆手,因为我知道她在说什么。她像我一样为 Blue 55 兴奋不已,能和她分享我的计划,真是太好了。

"我希望如此。"我写道,"按计划,在我们抵达阿普尔顿时,它也会出现在那里。"在告诉本妮那首歌之前,我犹豫了一下。她可能认为这是一个蠢主意。但是她比我更了解鲸鱼,因此如果我的计划有什么问题,最好现在就能被发现。但假如她告诉我这个计划行不通,那我就不知道该怎么办了。

"我为它创作了一首歌曲。保护区的工作人员出海为它安装追踪器时,会在船上放给它听。"我低头看着自己的盘子,把笔记本推向本妮,然后抬头看了看她的表情。

她微笑着在笔记本上写道:"等会儿我能听一下吗?"

"当然可以。"我吃完最后一口华夫饼,也对她笑了笑。本妮比我更了解鲸鱼,她也喜欢我的主意,因此这也许真的能行。

早餐后,本妮带我去了游轮的桥楼,事实证明,它根本就不是一座桥,不知道人们为什么会这么叫它。那是一个巨大的房间,占据着第八层甲板的正中间。房间的四周是落地窗,从里向外望去,视野开阔,一览无余。房间前面有一个长长的木制柜台,表面是仪表板。台子上有各种转盘、把手、按键和操纵杆,我简直不敢相信有人能记住所有开关的用途。头顶的几个屏幕上显示着雷达数据、船外的风景、游轮的路线图以及一排排数字,而这些数字只有专业人员才能看懂。一个穿着黑裤子、白衬衫,袖子上有金色条纹的男人站在桥楼里,望着窗外。我猜他就是船长。另外几名船员坐在控制室的黑色皮椅上。

几分钟后,我们站在了靠窗的位置,同时苏拉用麦克风发布了

公告。眼前只有一望无际的海洋。今天也许不适合寻找鲸鱼。接着，苏拉指向我们右边，我跟着转过了身。一开始我什么都没看到，但接着一缕水柱射向空中。本妮瞥了我一眼，向我比画了写字的动作。

我把笔记本递给她，她写道："座头鲸。"我再次看向海面。虽说苏拉用了双筒望远镜，但我不明白，相隔这么远，她是怎么分辨出鲸鱼种类的。在轮船附近，鲸鱼从水面一跃而起，然后又落入海中，激起浪花。这简直令人难以置信。那头鲸鱼大约有校车那么大，却能跃出海面。我转向本妮问道："刚刚都是真的吗？"她脸上的惊叹回答了我的问题。这样的鲸鱼她一定已经见过上千次了，但是此时看到它们，她仍然很兴奋。

另一头鲸鱼也突然跃起，随即消失在溅起的浪花中，形成一道高高的水墙。亲眼看到它们与我在图片或视频里观看的感觉完全不同。一头鲸鱼刚刚跃起，我赶紧跑到离它最近的那两扇窗户旁。本妮轻拍我的肩膀，指着船的另一侧。我立即回头，刚好看到了另一头鲸鱼落入海中的样子。

我一定要向爸爸描述眼前的一切。真希望我能用语言描述出它们有多美丽。这些就是他那张旧唱片上的鲸鱼——座头鲸。它们的啼鸣声如同交响乐般气势恢宏。

过了一会儿，我清楚地看到了鲸鱼气孔中喷出的水柱，这样我就知道它们在哪里了。苏拉估计我们四周大约有五十头鲸鱼。我真想知道，Blue 55 是否曾与它们同行过。安蒂说过，它曾向其他鲸群游去，但随后又独自游了回来。也许它只是出现在其他鲸鱼附近，但并不是真正与它们在一起。这种情形与我在学校的样子颇为相似。

本妮告诉我，她妈妈准备结束早上的鲸鱼观光节目了。我看了看时间，突然意识到我们已经在桥楼上待了两个多小时了。我不是才刚到这里吗？

离开之前，我给苏拉写了个字条："距离那么远，您怎么知道它们是座头鲸？"

她示意我走到一张桌子旁，为我拉出一把椅子，然后从邮差包中取出了一个文件夹。她翻阅着那些文件，找出了自己需要的资料。那张纸上有很多鲸鱼喷水的照片，页面顶端的标题是《鲸鱼喷水了！》。

"这句话好像是《白鲸》中的吧。"我写道。亚哈船长看到白鲸喷水时，说过这句话。我想起了外婆给我的那本儿童版《白鲸》中的一些情节。我试过好几次想把这本书读完，因为我想知道那头鲸鱼最终是否摆脱了人们的追捕，但我总是在读完之前就睡着了。

苏拉点点头，写道："每种鲸鱼喷出的水柱形状都不相同，如果在风吹走水柱之前看清形状，我就能判断它是哪种鲸鱼喷出的。"

她指着一张座头鲸的照片。从鲸鱼气孔喷出的水柱,形状像一个倒置的水滴。其他一些鲸鱼喷出的水柱几乎是相同的形状,但比座头鲸喷出的水滴形状更长,也更窄。灰鲸和露脊鲸会喷出两道水柱,形成心形。

苏拉翻到文件的另一页,上面有各种鲸鱼尾鳍的图片,它们也是完全不同的形状。如果能看到鲸鱼的尾巴,她也会知道那是哪种鲸鱼。[1]

我在笔记本上写道:"Blue 55 呢?"然后把本子递给了苏拉。

苏拉给我画了一个草图。Blue 55 的背上有一条鳍,就像长须鲸那样。但它却长着一条蓝鲸的尾巴。这是它与其他鲸鱼另一个不同的地方。

---

[1] 辨别鲸鱼种类的知识详见第 257 页。

30

如果 Blue 55 能够忘记那些曾经听到它歌声的鲸鱼，事情也许会简单些。但鲸鱼的记忆长久而深刻，一只在大海中生活了一百年的鲸鱼，仍会记得它所认识的第一群同类。同样，Blue 55 也会始终记得那些曾与它擦肩而过，而它却永远也无法结识的鲸鱼。

它潜到了海浪下。它潜得越深，水的阻力就越大，将它推回到它不想退回的地方。在海面上，阳光照耀着一群群鲸鱼，但 Blue 55 却不属于任何一个鲸群。

它使出浑身力气向前游去，直到黑暗吞噬了它。它游得越深，大海就越空洞、黑暗、安静。不过，游向深海，它不再感到那么寂寞了，因为那里没有它的同类，没有鲸鱼会对它的鸣叫"充耳不闻"。

它不属于任何一个群体，它不会唱它们的歌曲，那它究竟是什么？

它试图不再让空气在体内流动，不再制造歌声。它屏住了呼吸。

空气和空间都无法产生音乐。

空气只是空气。

空间也不过是空间而已。

31

转眼已经是我们上船的第三天,但我却感觉像刚离开家一样。与此同时,日子又仿佛过得很慢。午餐时分,当我想起早上的某个对话,我会觉得像几天前发生的一样。时间虽然过得很慢,但感觉比上学时好得多,因为在学校里,时间漫长到让我觉得仿佛有人把时钟的指针用胶水粘住了一样。每天晚上,我都对即将结束的一天恋恋不舍,虽然这一天似乎已经很长很长。我差不多快忘了自己为什么会来到这艘船上——为了见 Blue 55。快了。每多在船上一天,我就离它越近。

我不想整天都待在船舱里,但胃里一阵阵翻腾,使我什么也不想做。每次我一坐起来,胃里就开始"翻江倒海"。乔乔过来打扫房间时,我告诉她我身体不舒服。

她从床头柜上拿起笔记本,写下"马上回来"。她很快来到门口,用手把门撑住,递给我一罐冰冻菠萝汁。

看着她为外婆铺床,我把笔记本放到床头柜上:"谢谢。我想我是晕船了。"

她从我手中拿过笔,接着写道:"现在航行十分平稳,通常不会晕船。"

没错,这艘船完全没有摇晃。每次我望向大海,几乎都看不到什么海浪。不过,我不知道还有什么别的理由能解释我身体的不适。

乔乔把她刚写的一页递给我:"我有六个月没见过家人了。当我特别想念他们时,就会感到很不舒服。你大概也是想家了吧?"

我一直以为"想家"是指一个人离开家之后想回到家中。我不知道它还会让人感到身体不适。但也许乔乔说得对。我不仅仅是想家,我还要担心很多事,比如爸妈是不是气坏了,或者我能不能见到 Blue 55。难道是我的身体在告诉我,我根本不该来到这艘船上?如果我的计划行不通,Blue 55 就会像以前那样,继续孤零零地在海里寻觅,而我则不得不回到家中面对一堆麻烦,一切都会变成徒劳。

当我的架子上有一台没有修好的收音机时,我心里会空落落的。但眼下这种感觉比那还要糟糕。我感到十分空虚,而这种感觉仿佛永远挥之不去。

这一切我当然不能告诉乔乔。我笑了笑,再次感谢她送来的果汁。

当天晚些时候,我和本妮见面时,她从口袋里掏出一个笔记本。她已经开始像我一样,随身带一个本子,用来写字给我看。她还

学了一些手语,所以我们越来越多地用手语交流。她没有假装自己什么都会,当我纠正她的手语时,她也毫不介意。当她想说"星期二",却比画成了"浴室"时,她会哈哈大笑。有些手语非常相似,不同的方向会完全改变某个手势的意思。

"你和你外婆会在朱诺市下船吗?"她问。

"是的。不过我们还不确定接下来要做什么。"朱诺是这艘游轮的第一个停靠点。有些人会在当地待一天,欣赏一下风景,或是坐小船看看鲸鱼。我们已经在轮船上看到了许多鲸鱼,但大多数乘客都没法儿像我和本妮那样,从桥楼上看到那么好的风景。

"我在想,也许可以先找一个地方上网,这样我就可以联系到爸妈了。"我一直在想,我应该给他们发个消息。他们一定很担心,虽然外婆说她一直都和妈妈保持着联系,他们知道我们一切都好。但每次我问她妈妈说了什么时,她总是挥挥手,告诉我:"她会没事的。"

"可以用船上咖啡厅里的网络。"本妮写道,"我会帮你以客人的身份登录。"

"真的吗?是免费的吗?"我觉得外婆不会愿意付费上网,但她肯定也没想过要本妮帮我。

"当然,我会教你的。"

这个提议真是太好了,我根本无法拒绝。"太棒了!你也要上网做什么吗？我要查看邮件和一些资料，我可不想让你干等着。"

"好呀，我可以看看鲨鱼的视频。"

咖啡厅看起来像是咖啡店，柜台那边还可以点饮料和小吃。一些人拿着笔记本电脑坐在中间的小桌旁。四周靠墙的地方放着装有台式电脑的窄桌。柜台附近的玻璃柜里放着冰激凌杯。本妮指了指它们，竖起了大拇指。我们每人点了一份——她的是巧克力薄荷口味的，而我的是红丝绒的。我坐在最右边靠窗的电脑旁。哦，不是右边，应该说右舷。本妮教了我一些跟船舶有关的词语。船的右侧叫右舷，左侧叫左舷，前面是艏，后面是艉。但是墙上也有标志上写着船头和船尾，我不确定它们有什么区别。

本妮在我旁边拉出一把椅子坐下，教我如何登录游轮的无线网络，然后她打开了电脑里的记事本："游轮为游客提供了一些来宾账号，就像你的父母或是朋友使用你的电脑时，需要登录另一个账号一样。你在船上时，都可以使用这个账号登录。"

"啊，谢了！"我上网做的第一件事就是寻找 Blue 55 的踪迹。保护区网站的地图上显示着一条虚线，而不是我希望看到的实线。虚线说明这个路线只是模拟出来的。Blue 55 仍然没有发出任何声音。

我没注意到本妮也一直在看地图，直到她紧紧握了一下我的

手。她把她的屏幕转向我,开始打字:"有时,我也会不想和其他人说话。或许 Blue 55 也是这样。"

从来没有人回应过它,所以即使 Blue 55 选择永远放弃唱歌,我也不会怪它。真希望我能告诉 Blue 55,我离它有多近,我有一首歌要送给它。它还不能放弃。

本妮轻拍了一下我的手臂,打手语道:"我能听听那首歌吗?"

对了,我答应本妮要为她播放我写给 Blue 55 的歌曲。我从电子邮件中调出音频,然后点击播放。

本妮大张着嘴巴,仿佛不敢相信自己的耳朵。随后,她转向房间另一边的一个男人,连声说对不起,然后连忙调低了音量。

她指着我,像是在问:"是你录的吗?"

她的惊讶让我感到很开心。"是的!"

"怎么录的?"

我用手语打出了"学校",然后假装自己在逐一演奏各种乐器。"还有……"我打开手机上的调音软件,然后将转盘转到"大号",让本妮随便点击一些音符。页面一角里的声波读数显示,这些音符都在 55 赫兹上下。

"太酷了!"本妮用手语表示。在调音软件上试了几种乐器后,她点开了一个我以前没进过的页面,然后对着手机说了些什么。她说话时,手机上的波浪线上下起伏。原来这个软件还能测出本妮的声音频率。她的声音将近 200 赫兹，这对于鲸鱼来说太高了，但能看到这一切真的很有趣。她把手机放在我面前，示意我对着它说话。

"我吗？"

"试一下吧。"

我环顾四周，没有人注意我们。我靠近手机，小心翼翼地发出了声音，手机上立刻出现了蓝色的波纹，然后当我咯咯笑时，它一下子又跳得很高。本妮和我轮流对着手机发出连续的声音，看着那条波浪线和读数不停地变化。如果我用胸腔共鸣发声，声音频率就会降到很低。这虽然很有趣，但是无论我怎么做，都没法儿把声音频率降到 55 赫兹。

Blue 55 肯定也是这样。它知道自己应该发出哪种声音，但就是做不到。我关闭了应用程序，给本妮打字道："我希望我也能发出 55 赫兹的声音。这样我就可以把它添加到我的歌曲里。"

这也许就是让我烦恼的地方，这首歌里的音符虽然大都是 55 赫兹，但全部都是由乐器发出的。虽然我添加了一些动物的声音，但没有任何一种与 Blue 55 的声音相似，除了歌曲里 Blue 55 自己的叫声。

本妮打手势说"等一下"，然后从口袋里掏出了手机。她打开了一个应用程序，屏幕中间出现了一个麦克风的图片，两侧分别有一

个滑块，上面标着"降低"和"升高"。

本妮按着麦克风，对着手机说了些什么。她指着我的手机，在空中画了一个钩，意思是让我检查一下她刚刚录下的内容。在播放本妮的录音时，我打开了调音软件，然后把我的手机放在了她的手机旁——100赫兹——比她刚才的声音低了很多。

我笑了，手机上的声波也跟着跳动起来。"你能让它再低点儿吗？"

本妮向下拉了拉语音调节器上的滑块，直到屏幕上的读数变成那个神奇的数字——55。她再次将手机对准我，然后按下录音键。我对着手机轻声哼了一下，接着我们反复调试了录音，直到它听起来像是Blue 55能够听懂的声音。本妮说她会用电子邮件把音频发给我，这样我就可以把它加到我的歌曲里了。由于没有电脑软件，我不确定怎样添加这部分声音。我在手机里搜索音频编辑软件，然后找到了一款看起来还不错的免费软件。我需要把歌曲加载到这个软件里，然后再上传本妮发给我的音频。

我拿过键盘，打字道："你能让我看看你妈妈追踪Blue 55的软件吗？"

她伸出手，我把手机递给她，她帮我下载了追踪软件。这样一来，我不需要电脑，就可以查到Blue 55的位置了。

该查看电子邮件了。我屏住呼吸，登录了邮箱。不出所料，屏幕上出现了很多未读邮件。除了爸妈和特里斯坦,温德尔也给我发了邮件。我向下滚动到第一封信,是温德尔在我离家当天发出的。

到达目的地后告诉我一声。

两天后他又发了一封:

你到了吗?你要去哪儿找鲸鱼?我有点儿担心。

对我来说,日子过得飞快,但家里的每个人却度日如年。我不敢相信我竟然没考虑过这一点。我实在不好意思回复温德尔。

温德尔,对不起一直没有联系你,我这里一直没有网络。我很好。找到鲸鱼后,我会把所有关于它的事都告诉你。

家人发来的信息内容都差不多,要我告诉他们我在哪里,是否安好。妈妈还写道:

外婆说你们要出去几天,是真的吗?不上学的这段日

子里,学校的功课怎么办？我会去学校把你的课本拿回来,但我想知道要怎么跟老师讲。

不用担心,你没惹什么麻烦。我敢肯定这是你外婆的主意,也是只有她才会做出的事情。

我可以什么都不说,让外婆承担全部责任,免得回家之后被终身禁足。

妈妈:

我一切都好。等我回去以后,我会赶上功课的。请别担心。我和外婆在一起很开心。是的,我们还要过几天才能回去。很抱歉,我们没有事先告诉您就出发了。

我想,这也是我才会做的事情,因为这并不是外婆的主意。请不要生她的气。

爱您的艾莉丝

游轮靠近朱诺港后,远处覆盖着积雪的山脉上渐渐出现了房屋。外婆应该已经准备好下船了。那天早上,她说她会在房间里等我,然后一起进城。

可当我回去时,房间却是空的。我在大厅里找到了乔乔,问她是否见过外婆。但她也不知道外婆去哪儿了。

外婆该不会抛下我自己下船了吧。会吗？我坐在床边等着。

她在游轮上玩得很开心。这是在橡树庄园时，我们所有人都希望看到的情景，她能多参加社交活动，多结识一些朋友。不过，这可不是我们这次旅行的目的。我们来这里是为了见 Blue 55。

一想到橡树庄园，我忽然记起了外婆为什么会住在那里。妈妈总说，外婆需要有人看护。也许妈妈是对的。

我也玩得很开心，但是我已经做好了下船的准备，打算在陆地上停留几个小时。我才不会忘记外婆，自己一个人突然离开呢。

就在我准备放弃等待，出门找她的时候，房间门开了，外婆走了进来。

"准备好出发了吗？"她问我。

"是的，我准备好了。您去哪儿了？"

"折纸课。"她举起一只红色的纸天鹅。天鹅长长的颈部能前后移动，当她轻轻拉动天鹅尾巴时，翅膀还可以上下拍打。

"您在折纸课上做的吗？"

"对呀，我就用了一张正方形的纸。"外婆向我演示，她是如何经过多次折叠，才做出这只天鹅的。"我给你也做了一个。"她从提包里拿出另一个折纸作品，放到我手中——一只蓝鲸。

"喜欢吗？"她问道。

"这是给我做的吗？"我用指尖轻轻拉动着蓝鲸精致的背鳍。

"有人帮我。课后我留在了教室，请教老师怎么折鲸鱼。"

我可不能让她知道，在这儿之前我还对她颇为恼火，更不能让她知道，我一度担心她留我一个人在船上。即使外婆是独自去上的课，她也一直想着我和我的鲸鱼。看来她并没忘记我们来这里的目的。

我把鲸鱼折纸放在床头柜上，想起了外公的那些诗歌。纸张并不总是平的，有时它会被折成某个形状，利用上下左右的空间来讲述某个故事。

房间里的宣传册上列有朱诺的活动和游览项目。其中一页上有一条小路的照片，看起来并不难走。

"也许我们可以试试徒步旅行？"我建议道。

"我有别的计划。"外婆回答。

"别的计划？"我没注意到她也在看朱诺的旅游信息。

她从钱包里拿出两张票，递给我一张。票面上黑色的字体写着"冰川专线，全日通行"。

"我们能近距离看到冰川吗？"

"还能摸到它们呢。"

这不就是外公以前想做的事情嘛。

我们在码头附近找到了班车站，然后和其他聚集在拐角处的游客一起上了车。司机一直等到巴士快坐满了才开车。

行驶了近二十分钟后,巴士开出了公路,开始穿越颠簸的林荫小道。司机在一条狭窄的小路旁停了下来,我们走下车,沿着木牌上的指示,徒步前往冰川。我真想快点走完这条路,但为了让外婆跟上,我走得很慢。本妮的藏青色围巾被我塞在了领子里,所以脖子一点儿都不冷。我一定得再次谢谢她把围巾借给我。

我们在一个标志牌前停了下来,牌子上画着一个U形山谷,山谷被蓝色和白色的冰层覆盖着。图片下方的文字称,冰川在那里切断了山脉。数百万年以来,沉重的冰块像一台慢速推土机那样,在山上蔓延,撬开泥土和岩石,重塑了山体的形状。

我看着前方的冰川,想象它们在山峰之间刻下的曲线。我总是把手比作"V"来指代"山谷",但这也许并不正确。冰川也会重塑我的手势。从此以后,每当我向其他人描述这里的山谷时,我都会使用更为和缓的"U"来指代。

几分钟后,我们终于走近了冰川,近到足以触摸那被冰雪覆盖的、晶莹剔透的山脉。我们在航行途中见到过一些冰川,但站在船上没法儿看到冰层里反射出的蓝光,还有其他的颜色,那些我叫不上名字的颜色。也许它们根本没有名字,因为它们只存在于冰川里,其他任何地方都看不到。我忘记了寒冷,摘下手套让手指在冰面上滑过。我们来这儿就是为了能摸摸冰川,戴着手套可不算数。

冰层表面很光滑,但却不像我想象的那样平坦。站在远处,它们看起来像缎面一样平整,但其实它们更像是被冻住的海浪。有些地方的冰层非常厚,以至于看起来整座山都像是冰做的。但可能就在几米开外的地方,褐色的岩石又刺破薄薄的冰层露了出来。

它和我从家中冰柜里拿出来的冰块是同一种东西,但却复杂得多。这种结成冰的水足以凿刻山峦。它精心缔造了这里的风貌,仿佛早就设计好了,要在这里雕一座山峰,那里刻一个山谷,然后用冰带缠绕起山峦。没错,我在学校里就学过关于冰川的知识,但就像看到跳跃的座头鲸那样——只有亲眼见到它们,你的感觉才更为真实。

一个看上去像公园管理员的男人穿着一身棕色的衣服,一路上与我们同车的乘客交谈着。他毛茸茸的帽子盖住了耳朵,我真想知道,他是怎么听到别人的声音的。

在一个几乎没有冰层的地方,我用手摸着那些裸露的岩石,它们看起来仿佛是大山的伤疤,整座山从上到下像被爪子挠过一样。我拿出笔记本,给这名管理员写下一个问题。

"这些痕迹是怎么形成的?"我指了指那些凹槽。

看完我的问题,他写道:"是被冰川刮出来的。"他示意我跟着他走,然后从地上捡起一块冰。他把冰块紧紧抵住山的一侧,然后沿着凹槽向下移动。我摇了摇头,不是因为我觉得他在骗我,而是因为那种场景很难想象。冰融化时,只会变成水,从山上流下来,而不是在山坡上刻出痕迹。管理员点点头,好像明白我的疑惑一样。

"冰层非常厚,"他写道,"所以在滑落时,它们才会留下深深的痕迹。"

我把手放在那块裸露的岩石上,即使没有冰层覆盖,它摸起来仍然寒气逼人。就仿佛冰川给它留下了不可磨灭的印记,连阳光都无法温暖它。

小路的远处,一群人聚集在一小片海滩上,旁边是一个瀑布。有些人伸出手去接瀑布的水流,然后又大笑着收回了手。外婆走在我前面。还没走近瀑布时,四溅的水雾已经带着寒气扑到了我脸上。外婆继续向前走,我跟在她身后。瀑布的水飞流直下,涌入下面碧绿的池水中。我虽然听不见任何声音,但也能想象水声有多大。

外婆伸出手去,想在它们汇入大海之前,握住冰川的流水。虽然站在离瀑布最近的地方,但她仿佛丝毫没有感觉到寒冷。看到我正在看着她,她打手语道:"真冷呀!"原来她也感到了寒冷,只是没有走开而已。我朝她靠近了一步,但又停了下来。我打算让她一个人在那儿待上一会儿。她仰头望着奔腾的瀑布,水珠顺着她的脸颊滑落。我猜想,此刻她是否觉得外公就在她身旁,觉得外公也能感觉到冰冷的流水。

外婆笑了。那是发自内心的笑,笑得肩膀直颤,眼角的皱纹也

越发深陷。她上次像这样大笑,不知是什么时候。可以肯定的是,外公去世之后,她就没这样开心地笑过了。如果外公还能以某种方式留在我们身边,这就是我希望他看到的景象。

　　冰川之水虽然寒冷,但却冲走了她心头的阴霾。

32

我们的下一站是一座美丽的小镇,名叫史凯威。但是除了想念 Blue 55 之外,我什么都不想做。因为我为之努力的一切,明天都将变为现实!我经历了那么多才走到这一步,但此时却突然不敢相信它即将到来。不过,我还是希望它会到来,因为 Blue 55 仍然没有发声。或许我的歌曲能派上用场,当它听到这首歌后,它一定会做出回应。

我和外婆在一家餐馆里吃了汉堡包和洋葱圈,这家餐厅过去是个展览厅。到了付钱的时候,外婆递给服务员一张五十美元的钞票,留了一大笔小费。"我昨天手气不错。"

"好呀!继续赢下去,您就可以一直生活在船上了。"

外婆大笑起来。"我倒是想呢!"

吃完午饭,我们决定到镇上走走,想看看当地的风景。公园里有一小群人正围着几个伐木工,看他们用电锯把立着的原木雕刻成熊和鲑鱼。接着,我们漫步到了市中心。

外婆在一家礼品店门口停下来,问我:"想进去看看吗?"这家店占据了整个街区的大部分,从车尾贴到 T 恤衫,再到包装好的鲑鱼,应有尽有。一个旋转的架子上放满了明信片,全是阿拉斯加的

风光照。就在此刻,我突然很想念我的家人。我不敢去想他们会有多么担心,所以一直竭力压抑着这个念头,但这显然没用。

我翻看着明信片,前面几张是各种动物,我的目光定格在其中一张明信片上。那是一只座头鲸跃出水面的一瞬,卡片的一角写着"阿拉斯加"。走到收银台前,我从口袋里掏出零钱买了明信片,然后来到一边,用从柜台借来的笔,在明信片背面的三行空白处,写下了自己的家庭住址。住址旁边,有一个空白的地方可供人们留言。

亲爱的爸爸妈妈和特里斯坦:

我想让你们知道,我一直在想念你们。请不用担心我和外婆。很抱歉我们不告而别。

我只是想见见那头鲸鱼。

爱你们的艾莉丝

等前一个顾客提着袋子离开后,我向收银员出示了明信片,指了指角落方框处的"在此盖邮戳"字样。她指着马路对面告诉我说:"邮局在那里。"

外婆正在挑选 T 恤。"我去马路对面把它寄走,"我告诉她,"马上就回来。"

"好的,我就在这里逛逛。"她正拿着一件绿色 T 恤比试,上面印着"遇见驼鹿,刹车慢行"。

虽然我只去过一个邮局,就是家门口的那个,因为有时父母需要邮寄包裹,但小镇的这个邮局一定是全国最小的。它看起来更像是个小木屋,内墙四周都镶着木板。柜台里只有一位工作人员,好几个人在排队等候。我真想问我能不能排在其他人前面,因为我只需要一张邮票,但这可能不符合邮局的规定。我没有自己去邮寄,而是直接把明信片交给了工作人员,这样就可以马上寄出。等明信片到家的时候,我们的旅程就快要结束了。不过无论如何,重要的是,如果 Blue 55 按照以前的轨迹出现在阿普尔顿,我很快就会见到它了。只要能够见到它,别的什么都不重要。我的家人明白,我一直在想念他们,而不是只想着自己。

那天晚上,我难以入眠。我在想着自己离 Blue 55 有多近。为了见它,我做了那么多,走了那么远。游轮很快就要驶入保护区的水域了。到那时,我们也许能和 Blue 55 一起在海上畅游。它必须再次发声,这样我才能知道它的位置。我打开手机上的音频,用一只手感受着它歌声的震颤,真希望它能和我一起感受。

如果六点钟还没睡着的话,我就会去船头,见证我们驶入阿普尔顿的过程。

不知道什么时候,我睡着了。等我醒来后,外婆的床空了。

我从床上坐起,猜测她会去哪儿。也许她是去散步了。她有时会这样。可现在是深夜呀。我抓起外套走到走廊。走廊上空空如也。

也许她遇到什么事,不想打扰我。还是,就像上次她不告诉任何人,独自前去海滩那样?不过,她不可能走太远,我们可是在海上呢。我想不到要去哪里找她。这么晚了,船上所有的课都结束了。如果不在房间,她一般会在甲板上看书,或是看大海。现在天太黑了,几乎看不见什么,但我实在不知道还能到什么地方找她。

午夜的游轮上仍和白天一样熙熙攘攘。人们有的在游泳池里嬉戏,有的三五成群聚集在酒吧,手里端着插有小伞的饮料。

我只好试着像外婆那样思考。如果我是她,我会想去哪里?

赌场。虽然我不被允许入内,但是通过宽宽的门廊,我有可能在外面看到她。当我站在赌场门口向里张望时,一名工作人员一直盯着我。他肯定是怕我溜进去,在老虎机上碰碰运气。即使已是深夜,赌场里仍然人满为患。我从缭绕的烟雾中努力向里张望,没有看到外婆。我跑到另一个入口,仍然没有找到她。我站的地方没法儿看到赌场的全部,所以如果有必要,我得稍后再来查看一次。

我一个人无法跑遍整艘船,但是只要是能想到的地方,我都去找了一遍。我甚至还去了咖啡厅和图书馆。但是游泳池、甲板和所有餐厅里都找不到外婆。我只好又跑回房间,想看看她是不是已经回去了。

还是没有。她至少应该给我留个字条吧。但桌子上除了日程安排和乔乔的名片外,什么都没有。我翻到名片的背面,看到乔乔写的"如果您有任何需要,请让服务台呼叫我"。

我现在可以呼叫她吗?她肯定已经睡着了,但这真的很重要。这可不是我需要一条毛巾或打扫房间之类的小要求。万一外婆出什么事了呢?

我一把抓起乔乔的名片,跑回电梯。也许服务台的人不需要呼叫她,就能用什么办法找到外婆。

出人意料的是,我并不是深夜里唯一一个需要前台服务的人。我前面还有三个人在排队。不过,他们的事肯定没有我找外婆那么重要。我一边等待,一边思考着还能到哪里去找她。

终于轮到我了。我走下地毯,来到柜台前时,地板上的声波振动使我双脚发痒。我脱下鞋子,穿着袜子站在那里。附近某个地方肯定在放音乐,而且是声音很大的音乐,混杂着喇叭传出的那种低音。

柜台后面的人向我挥挥手,试图引起我的注意。看口型,这个人像是在问:"有什么可以帮到你?"我摇摇头,走到队伍外,让身后的人先去。我突然想起了一件被我忽略的事情。那是外婆在上船的头一个晚上告诉我的。

地毯让音乐产生的振动减弱了不少，但我还是能沿着轻微的颤动一路找过去。当我提着鞋子跑向船尾时，这种振动变得越来越强烈。

在"微醺玛莲"酒吧前，我停了下来。这个酒吧白天总是空着，现在却拥挤不堪。人们一边跳舞一边大笑，手里还端着酒杯。在人群前，舞台的聚光灯下，有一个手势翻飞的人，正是外婆！天花板上垂下一个横幅，上面写着："微醺玛莲，卡拉OK之夜"。

据我所知，船上没有其他聋人，但每个人都在看着外婆。她在这里一定有一会儿了，因为她已经教会听众一些手语了。当屏幕上出现"把它砸碎"的字样时，外婆用手语翻译了出来。接着，大家跳起了奇怪的舞蹈，还跟着她一起打出手语："停下，抡大锤了！"

外婆打手语时，就像全世界人都看得懂一样。妈妈肯定不敢相信这一切。她一直想让外婆多交些朋友，现在看来，她已经和这里的所有人打成了一片。我看着外婆，想起了跃出海面的座头鲸。它们的歌声仿佛交响乐般恢宏。假如有人能把外婆的手语变成乐谱记录下来，一定会看到各种颜色的音符在音阶上来回跳跃，甚至跳出页面。

我钦佩不已，早就忘了生气。我一只手拎着鞋子站在那里，不知道爸妈是否会对我所做的一切感同身受。就像外婆一样，我也走出家门，而且比外婆还要远得多。不过，如果他们明白，这就是我该来的地方,我正在做我该做的事,也许他们会有所理解。外婆现在的样子,就是我遇见 Blue 55 后会有的模样。

她还教给听众怎样为聋人鼓掌。歌曲结束后,所有人都没有拍手,而是举起双手挥动着。当外婆走下舞台时,大家都为她起立喝彩。

我才不在乎我是不是能进酒吧。我跑到外婆身边,紧紧拥抱了她,然后退后一步。"您怎么……"我甚至不知道该说些什么。

"真抱歉让你担心了。没想到我会走开这么久。我睡不着,就起床在船上散步,偶然发现了这里的卡拉 OK 之夜。"

"我是说……"我指着舞台,"您是怎么做到的?"

"我看了一会儿其他人的表演,有人想让我来唱歌。我告诉他们我听不见,于是他们让我用手语一起来演唱。不一会儿,我就开始单独表演,还吸引了好多人一起演唱呢。看起来大家玩得都很尽兴,不是吗?"

是的,每个人的确玩得都很尽兴。更重要的是,外婆也很开心。

我曾想独自完成这次旅行。但是现在,我很庆幸原来的计划失败了,这样我才得以陪伴外婆。

33

一群海豚嬉戏着从 Blue 55 身边游过。它们一整天都在这样玩耍,一会儿跟在它身后,一会儿跑到它前面,一会儿又跃出水面。

Blue 55 带着这群海豚找到了一群鱼儿。不过,这种鱼体形过大,无法通过鲸须进入口中,却让海豚大饱口福。当海豚进食时,Blue 55 一直绕着鱼群游来游去,好把这群鱼儿包围起来。

这些海豚吃得太饱,只能缓缓前行。Blue 55 游到一只海豚身旁,低下头,让这只海豚到它背上栖息。这就是它们的交流方式,无声无息。海豚一头跳到鲸鱼背上。鲸鱼在海中略微下沉,好让海豚保持在水面以下,然后迅速向前游去,超过了其他海豚。

要隔很长一段时间,Blue 55 才会遇到一群海豚。这些海豚也会找到它,并且一整天在它身边跳来跳去,追逐嬉戏。如果 Blue 55 知道是什么吸引了它们,它一定会更努力地拉近与它们的距离。是因为它发出的声音和海豚的类似吗?果真如此,它肯定会一次又一次地呼唤它们。但它和海豚不一样,因为后者唱着完全不同的歌曲。然而,这两者之间却可以通过某种方式相互理解。Blue 55 知道它们喜欢和它一起潜水,知道它们喜欢跳到它的背上冲浪。

Blue 55 潜入水中,又浮出水面,从海中一跃而起。当它侧身跌入海里时，周围浪花飞溅。它再次和海豚重逢了。它的歌声中充满了欢乐的音符。

如果它们每天都能这样在一起，哪怕只是一小会儿，Blue 55 就不会那么孤单了。但是海豚从来不会停留太久。

34

该来的终于要来了。我所有的计划、所有的努力,都是为了这一天。接下来几个小时要发生的事情,会让一切都变得意义非凡。

本妮来和我们一起吃早餐。在自助餐厅,我用盘子装了些吃的,就开始望着窗外发呆。我太激动了,根本没胃口吃东西。

我感觉船好像不动了。我们到了!

"准备好了吗?"外婆打手语道。

我点点头,但还是坐在座位上,紧紧抓着背包。这次旅行的全部意义就在于此。当然,我必须先下船才能前往保护区,但我却站不起来。直到此时,一切都按计划进展得十分顺利,但情况很快就可能发生变化。即使我能见到科考队,也可能见不到 Blue 55。也许 Blue 55 会像过去那样,游到别的什么地方,或者完全避开科考船。它不可能知道这对我意味着什么。它可能无声无息地出现,又无声无息地消失,不停留片刻,或者根本不会出现。

那么多失败的可能性在我脑海里一一浮现,可我必须得试一试。

首先,我得查一下 Blue 55 离保护区有多远。此前,我很少使用本妮给我安装的追踪软件,因为即使知道 Blue 55 的位置,我在船上也做不了什么。但现在,不管我们是要立即下船,还是要再等等,我都要试试看。但这一切的前提是 Blue 55 发出了声音。

我上次看到 Blue 55 的移动轨迹还是虚线,但现在屏幕上却出现了一条黑色实线。闪烁的蓝色圆点显示着它目前的位置。我关掉追踪软件,把手机屏幕朝下放在了桌子上。我终于看到了自己一直渴望见到的那条实线,但是没想到它距离我那么遥远。

虽然很不想看,但我还是再次拿起了手机。如果我不拿起手机,就无法确认这一切是真的,或许软件还需要时间更新。然而事实并非如此,我重新打开软件,当前的日期和时间跳了出来。Blue 55 终于发声了,但却是在很遥远的地方。它偶尔会绕道而行,没有人知道为什么。这一次就是这样。我的脑海里冒出一个挥之不去的念头:我见不到 Blue 55 了。

外婆和本妮看着我,一脸疑惑地等着我解释。我什么都没说,只是拿起手机让她们看。

"在华盛顿州?"外婆打手语道。

保护区肯定已经知道了这个消息。他们打算怎么办?我打开他们的网站,就发现了一个新帖,标题是《Blue 55 追踪行动启动,向南进发!》。

好吧,伙计们,大自然就是这样变幻莫测!我们兴奋地发现,Blue 55还活着,并且发出了声音,但坏消息是,和往常不一样,它偏离阿普尔顿很远。由于某种原因,它改变了方向,离开了华盛顿州沿岸,正前往俄勒冈州。我们会继续开展追踪行动,但不会在阿普尔顿进行。两名工作人员会飞往俄勒冈州灯塔湾的海洋哺乳动物保护区。我们预计Blue 55会在数日内抵达那里。届时,我们将与当地的工作人员一起,为它安装追踪器。

他们没有提到我为它创作的歌曲。当我准备打开电子邮箱询问安蒂时,我发现她已经写信给我了。

亲爱的艾莉丝:

好吧,我们有好消息,也有坏消息。如果你一直在关注Blue 55的话,你可能已经知道了。万一你还不知道,点击这个链接就能看到我们的最新公告以及灯塔湾保护区的介绍。那是个很不错的地方,如果Blue 55愿意的话,它可以留在那里休息,不过我们不确定它会怎样做。该保护区位于较为温暖的水域,全年都适宜鲸鱼和海豚生活。我们很期待能看到Blue 55和当地的动物互动。我敢说,它一定会吸引很多"听众"。

　　我已经把你的歌曲交给了他们,但是很抱歉,他们不准备播放。我们会在船上安装水诊器和喇叭,这样就可以监听到 Blue 55 的声音。但工作组只希望找到它,为它安装追踪器,然后返回岸上。他们不打算在原定计划外做其他事情,因为他们担心使用扬声器播放歌曲会影响水诊器接收 Blue 55 的声音。我向他们提议,等行动结束后再播放,但他们觉得没有必要,因为他们的目标就是安装追踪器。我不同意他们的看法,我很想知道它是否会对你的歌有反应,这一定非常有趣。但是,既然我们现在是在另一个保护区,一切只能由他们决定。

　　很抱歉,没能给你带来更好的消息。我们依然会在线直播这次科考活动,所以等我们找到 Blue 55,你还是可以见到它。等它下次再到阿普尔顿时,我们一定会为它播放你的歌曲。

安蒂

我真想把手机扔到墙上,这样就能把安蒂那封让人伤心的邮件摔成碎片。然而我没有,我只是把它狠狠砸向桌子,把椅子用力推了回去。一想到这意味着什么,我顿时感到一切都难以忍受。我

把手机递给本妮，让她和外婆看看这条消息。

在改变路线之前，Blue 55 本来可以向着我游来的。我一直觉得我和它是朋友，是在朝着同一个目标努力，但是我错了，这只是我一厢情愿而已。

本妮拿出自己的手机，在屏幕上输入："现在怎么办？"

我耸了耸肩。什么都做不了。这一切都说不通！这世上除了我这个失聪女孩，谁也没有回应过这头鲸鱼。

我会查查安蒂提到的保护区，至少看看 Blue 55 会在哪里。也许我还会上网观看科考队安装追踪器的视频。早知道这样，我完全可以留在家里，和家人还有温德尔一起，捧着爆米花观看。

外婆把手机还给我，我点击了邮件中的灯塔湾链接。一张照片映入眼帘，在蓝色的海岸边矗立着高高的灯塔，灯塔有红色的屋顶和白色的塔身。点开"园区动物"的页面，可以看到保护区每种动物的照片，以及一段简短的说明。只要身体健康，其中的一些动物可以自由进出保护区。保护区还有医院的功能，照顾受伤和生病的动物。它们生活在室内游泳池里，或是在海中搭建的栅栏内。等到完全康复后，它们就会返回大海。整个海湾的下面是一个水下峡谷，它和科罗拉多大峡谷差不多大。因此即使在码头和海岸附近，海水也有好几千米深，而我以前去过的海边，海水是从岸边开始逐渐变深的。

有些动物是从海洋世界之类的公园退休的表演动物。它们因为年老或生病,无法继续表演,但它们完全不知道如何在野外觅食。于是,人们在海里为它们搭建了宽敞的围栏区,这样它们既有足够的空间自由活动,又有人向它们投喂食物。虽然没人再要求它们演出,但其中两只海豚仍然会一到时间就开始表演,每天三次,就像过去一样。一只白鲸的尾巴被螺旋桨击伤,住在另一个室外围栏里。还有一些患有白化病的动物,比如粉色的海豚和金色的海豹。它们皮肤的颜色使其很难捕到食物,也无法躲避天敌,最终只能被家人抛弃。

这让我想起了《红鼻子驯鹿鲁道夫》这部电影,每年圣诞节前后电视台都会播出。这里就像是一座接纳伤残海洋动物的小岛。

与其他动物不同的是,Blue 55 并未受伤或生病,但它如果能听到熟悉的声音,也许会感到十分亲切,并且在那里停留一段时间。我真不明白,在为它安装追踪器后,为什么不能把我的歌放给它听。

网站的新闻页面发布了一条题为《玛拉归来》的公告。玛拉是他们两年前营救的一只幼鲸。人们在附近海滩上发现了被困的玛拉,灯塔湾保护区的工作人员把它送回了大海。不过,大家不确定它是否能靠自己活下去,因为它才刚到可以离开妈妈的年纪,而它的妈妈已经不知所踪。他们给它取名为玛拉,并给它安了追踪器,

以便随时了解它的情况。出乎人们的意料,它独自存活了下来。此后的每个夏天,当玛拉重回灯塔湾时,营救过它的人们都可以在保护区看到它自由自在的身影。人们为此欢欣鼓舞。它此时就在灯塔湾,和 Blue 55 的妈妈一样,它也是一只雌性蓝鲸。

我在想,如果 Blue 55 和玛拉多在一起待些时间,它们有没有可能进行交流。玛拉和其他鲸鱼没有太多互动。没人知道它会发出几种声音,或者不会发出哪些声音。不过,即使它和 Blue 55 语言不通,它们也可能会像我和本妮那样成为朋友。

没错,灯塔湾会是 Blue 55 理想的栖息之所,而我却远在一千多公里之外。我简直不敢相信。如果能提前知道这个情况,我就可以飞到俄勒冈州最接近保护区的机场,从那儿出发去找 Blue 55。然而,我登上了游轮,距离 Blue 55 越来越远。

就像在家里修理收音机时,我剥掉的那些电线绝缘层一样,我的计划支离破碎。现在所有零件都在,而我却没办法将它们连接在一起。我用手指抚摸着指南针上蚀刻的鲸鱼,仔细思考着下一步该怎么办。下船变得毫无意义。我来这里的全部原因都已经不复存在。

"我们会想出办法的。"外婆告诉我。本妮也点头表示同意。

我真想相信她们,但我还是觉得一点儿希望都没有。所有的新问题都涌入我的脑海,缠绕成一堆理不清的乱麻。如果 Blue 55 早些发出声音该多好,那样我们就会知道它在哪里,准备去向何方。而眼下在本该与它见面的这一天,我们被这突如其来的消息打击得措手不及。也许它是在最后一刻才决定改变方向,并且不想告诉任何人,就像那天外婆突然独自前往海滩一样。

本妮轻拍了我一下,打手语道:"本子给我,我忘带了。"我把笔记本递了过去。她和外婆之间有张桌子,她把本放在桌子中间。

"还有手机。"外婆也打手势说,"告诉我保护区的位置。"外婆翻看了一下灯塔湾保护区的网站,然后在手机上打开了地图,并在笔记本上写下了几个日期。

"如果在旧金山下船,再租车去保护区,我们就会错过它。"外婆翻了翻地图说,"让我看看它离奥利弗角有多远。"

在抵达旧金山之前,游轮会在俄勒冈州的一个港口停靠。本妮在自己的手机上打开了一幅地图,确定了从最后一站奥利弗角到保护区之间的距离。

外婆继续写下更多日期,还简单列了一个时间表:"如果从奥利弗角开车到保护区,我们或许还有机会,甚至可能会提前抵达。如果真是那样,我们就一直在那儿待着,直到它游到保护区。"

"万一我们不能按时回来怎么办?"即使轮船能在港口停一整天,我们也没法儿在开船之前赶回来。我们得先开车到保护区,见到 Blue 55,然后再开车回来。如果不能赶回来坐船,我们就得把房

间的行李收拾好,然后开车回旧金山,再坐飞机回家。其中的困难我简直无法想象。而且外婆很喜欢待在船上,我可不想因为自己让外婆错过余下的游轮之旅。

外婆耸耸肩:"我们会有办法的。重要的是去见那头鲸鱼,不是吗?"

或许我还是见不到 Blue 55,但现在已经没有更好的办法了。我灵机一动,想到我可以自己去灯塔湾。外婆没必要错过余下的游轮之旅。

我比出"巴士"的手势,指着地图上的奥利弗角,然后在笔记本上写道:"我可以自己去,外婆您留在这里。"

外婆凑近看了看:"绝对不行。我可不会让你独自走那么远。"

我伸出五指,用拇指抵住胸口,反驳道:"我不会有事的。"

还没等外婆回答,本妮碰了碰我的手臂,比画出"儿童"的手势,然后指了指我。我耸耸肩,不知道她想说什么。

"游轮不会把儿童留下开走的。"她在笔记本上写道,"他们必须等你,而且没有外婆陪伴,他们也不会让你独自下船。"

好吧,我的方案行不通。我真希望外婆能留在船上。她在这里很高兴,还发现了很多好玩儿的事情。她一直在设法让我见到 Blue 55。或许见到它也会让外婆感到开心。"好吧。"我写道,"我们一起开车过去。但是船开走之前,我们可能赶不回来。"

本妮看完后,把笔记本翻到新的一页。

她笑眯眯地写了些什么,然后把笔记本放在桌子上让我们看。

"坐火车会更快。"

35

既然 Blue 55 再次发出了声音,我就可以更清楚地了解它的位置。但是除了继续乘坐游轮,我别无他法。就算我们准时到达了保护区,我也见不到它。科考队不愿带着扬声器播放我的歌曲,更不会让我这个不知道哪儿来的丫头上船。

如果 Blue 55 决定在保护区附近停留,也许我至少能在海上看它一眼。即使是从远处观望,我也能认出它喷出的水柱。虽然它不会听到我录制的歌曲,但这就足够了。它也不会知道,有人听到了它的声音。当我回到家,我可以把这首歌发给它可能路过的其他保护区,也许其中会有人愿意在它游过时放给它听。虽然我无法见到它,但至少它能够知道自己并不孤单。

本妮提到的火车走的是一条观光路线,游轮在奥利弗角停靠时,船上的很多乘客都会坐这趟火车游览。这趟车往返一共三个小时,会在中途停下休息,让人们下车拍照、吃午饭。随后,外婆和我不会坐火车回港口,而是坐巴士去灯塔湾。如果我们比 Blue 55 早到保护区,我们会一直等着它到来,即使这意味着我们将不得不错过余下的游轮之旅。

此外,还有可能会发生一种情况,但我不愿去想:等我们到了灯塔湾时,Blue 55或许已经离开了。

那天下午,我在桥楼和本妮、苏拉一起欣赏了峡湾风光。我们的轮船会驶过一条狭窄的通道,两边都是冰川。到时候,苏拉会通过广播介绍当地的景色和野生动植物。

本妮说,当地一名领航员会上船帮船长导航。我以为只有飞机上才有领航员,但事实上轮船上的掌舵者也被称为领航员。无论如何,这位领航员比船长更了解当地的地形,他会引导轮船安全绕开冰层,以免撞上什么东西。

轮船驶入峡湾的狭窄通道。船在水中前进,海浪不断推开水面漂着的浮冰。山脚下和浮冰上到处都是栖息的海豹。冰川反射出各种各样的蓝色,令人难以描述。我从未在大自然中见过这种带着雪顶的果汁般的蓝色。我闭上眼睛停了几秒,想要在脑海中留下这个画面。也许我不会再见到冰川了,所以我想记住它的颜色。

本妮拍了拍我的手臂,我睁开眼睛,看到她指着右边。"看!"她打手势道。一开始我不知道她想让我看什么,但紧接着几个巨大的冰块突然掉下,坠入我们身旁的海水中,溅起的水花重重拍向附近的岩石。

我耸耸肩,指着那里问本妮,她怎么知道冰块会掉下来。她指指自己的耳朵。原来他们可以听到冰川崩裂时发出的声音。越来越多冰块坠入海中。冰雪融化时看起来十分安静,但发出的声音却如

此巨大。我摸了摸前面的柜台，发现它并没有随之震颤，所以这一定是一种与雾号不同的声音。本妮指着我们附近的冰川，在笔记本上写下"裂冰作用"几个字。我回头看了看冰川，想象着冰川崩塌的声音。她打了个手势，看起来像是在说"裂开"和"快看"。

一块巨大的冰块从冰川上掉落，漂浮在海面上，离山脚越来越远。

在本妮写着"裂冰作用"的那张纸上，我写道："活像一座小冰川。"

"是呀，这可是冰川宝宝！"她写道。

"这声音听起来是什么样的？"

她捂住耳朵说："很大。"

"有多大？"我写道。

"非常大。"

但是我知道，世上有各种各样很大的声音。是尖厉的呼啸吗？还是隆隆的撞击？或者和撞击声完全不同，因为这毕竟是冰川裂开的声音。

本妮用笔轻轻拍打着嘴唇，思索了一会儿。我还没发问，她就知道我有很多问题。于是，她接着写道："像打雷。"

我从来没想过，两个完全不同的情景竟然可以发出相似的声音。

她继续在笔记本上写字,再加上一些手势,向我解释她妈妈在广播里说的话:"气泡被困在冰下数百年。冰层四面八方的压力不断挤压着气泡。当冰层融化或破裂时,气泡就会发出巨大的炸裂声。"

它们被困了很久,所以才会发出巨大的声响,仿佛要把压力发泄出来一般。

我指着远处的海豹,写道:"它们难道不觉得很吵吗?"

她摇摇头:"它们是故意留在这里的。冰川消融的轰鸣声会让虎鲸很难听到它们的声音。"

就像座头鲸用气泡网捕鱼一样,我很想知道海豹是怎么学会利用噪声的。海豹没有像鲸鱼那样,利用气泡来捕食,而是用冰川消融的噪声来避免自己成为虎鲸的食物。

游轮在峡湾中曲折前行。远远望去,我们身处两山相交的狭窄通道中,难以想象船只能从这狭窄的通道中穿过。当我们靠近时,我才发现,原来轮船与两边的山峦还有很宽的距离。尽管如此,由于水面布满浮冰,领航员必须极为小心。那些冰块大部分看上去像是可以被游轮轻松推开,但据本妮说,我们看到的只是冰山的顶部,而冰山的大部分都在水面以下。

轮船完全停下来时,我们才走到峡湾的中间。领航员一边和船长说着什么,一边指着我们前面的水域摇了摇头。接着,船长拿起

了麦克风。

引擎声响起,我们开始慢慢倒船,船头缓缓向左转去。

我对本妮耸耸肩,然后比画着转方向盘的动作,尽管人们并非真的用方向盘驾船:"我们要掉头吗?"

本妮指着水中的浮冰,打手语道:"危险"。接着,她拿起笔记本,写下船长刚刚说的话:"有时你不得不学会放弃并回头。"

"您看到冰川崩裂了吗?"回到房间后,我问外婆。

"没有,那一定是在船的另一边。我只看到冰块从山上滚下来,但是没看到裂冰。感觉怎么样?"

"美丽而忧伤。"这种描述远远不够。我见证了冰川的崩裂和消融,这怎么可能用语言表达清楚呢?

我坐在外婆对面,问她:"用手语写诗吗?"

如果是以前,她一定不会同意,她会推却说这是外公的专长,但这次她毫不犹豫地答应了。"用什么手势?"她问道。

我举起双手,像外公在写关于树的诗句时那样,但是手指弯曲,宛如一对爪子。这个手势适用于描述冰冷的物体、山脉或浮冰。张开的手掌代表体积庞大的东西,弯曲的手指则表示锯齿状的山峰。此外,手语里手指弯曲还是"冰封"和"坚硬"的意思,因此它很适合用于描述冰川的消融。

首先,我用手语比出"冰封",然后抬手画出波浪的形状,比画出山峰上下起伏的曲线。接着我继续比出手势,表示冰川一层层堆积,向下挤压着空气。我转动双手,仿佛巨大的冰块滚落下来,坠入大海,溅起汹涌的波浪。接着,一个更大的冰块从冰川剥落,砸向海面后四分五裂,漂向远方。

"冰川发出尖厉的呼啸声,看着冰块离开自己越漂越远。"

外婆看到冰川崩裂后,也加入进来。

"新的冰山在大海中乘风破浪,向前驰骋。"

她用双手画出它的形状,新的冰山比原来的冰川小,还带着刚刚产生的裂纹。

我向她演示冰川剩下的部分紧抓山腰,看起来更加坚硬,冰块掉落后露出锋利的边缘。

她的手指像耙子一样,仿佛深深嵌入了冰川。接着,她把手指稍稍伸直,画出舒缓的波浪,代表冰川上的疤痕正在消融。新的冰山已经漂向遥远的地方,直到变成海里的一个小点。

"失去是痛苦的,但时间和距离会抚平痛苦的记忆。"

我不知道我们究竟是在谈论冰川、Blue 55、爸爸妈妈,还是外公。也许我们的对话包含了这一切。

36

我很早就醒了,再也睡不着,所以就去咖啡厅查询关于 Blue 55 的最新情况,因为我的手机无法在房间里上网。

时间太早,咖啡厅里的冰激凌还没开售,我只能晚些再吃。保护区的网站没有任何更新,所以我打开 Blue 55 的地图,想看看它在哪里。它游得很快,但有点儿太快了。头顶的电视屏幕上显示着游轮的路线。我们沿途还会经停很多港口,如果按照 Blue 55 现在的速度,等我们抵达俄勒冈州时,它早就离开了。

一直以来,我都急着要见到 Blue 55,但现在我却只想让它等等我。请慢一点儿吧。我抚摸着屏幕上闪烁的蓝点,真希望它能停在那里。我的脑海中浮现出一个景象——我将一直漂洋过海追逐着它,但却永远无法靠近它,甚至连它的影子都看不到。

我竭尽全力,想做好每一件事,每一件有利于 Blue 55 的事。它需要听到我的歌曲,对这一点我深信不疑。但是现在,我越来越觉得它不可能听到我的歌了,而我也见不到它只得回家。我越想靠近它,它就游得越远。

虽然我不愿查看电子邮件,但是离开咖啡厅前,我还是点开看了看。如果家里有人对我们的离开感到担心,我想写封邮件安慰他们一下。

第一封信是来自特里斯坦的。

艾莉丝：

我到现在都不敢相信,你们竟然不辞而别。我知道你们已经给妈妈报了平安,但我还是想确认一下,一切都顺利吗?如果不顺利,我不知道我在这边能做什么,但你可以告诉我你们在哪儿。如果有需要,我们一定会帮忙。

记得给爸爸回信。妈妈说,自从你们离开家,他都没怎么睡觉。

爱你,可你的做法真是荒谬至极。

特里斯坦

我不敢相信,爸爸因为担心我们,竟然会睡不着觉。我打开他写给我的电子邮件。

艾莉丝：

记得我给你看过的那张唱片吗,就是《座头鲸之歌》那张?我忘了有没有告诉过你,这张唱片里的鲸鱼歌声被收录进旅行者金唱片中被带往了太空。真的。金唱片中有

很多来自地球的声音,包括《座头鲸之歌》。如果太空中有外星生命,"旅行者号"携带的金唱片就能让他们了解地球上的生命。也许有一天,有外星人会弄清楚这些歌曲的含义。

我记得我告诉过你,在聆听这些鲸鱼的歌声时,我也曾想找到它们。但即使我找到了它们,即使它们出现在我面前,我也不知道该说些什么。

请告诉我你的情况,最好是告诉我你在哪里。我非常担心。你不知道我有多想你。

爱你的爸爸

走到吃自助早餐的餐厅,我在窗户旁找到一张小桌坐下。我从没想过自己会想念学校的自助餐厅,但现在我很想知道学校里的每个人过得如何,我不在的这些天午餐时他们在谈论什么。虽然大多数时候,我觉得他们都对我视而不见,但是他们应该注意到我没有去学校,也许尼娜已经找到了一个新的"骚扰"对象。想到这里,我忍俊不禁,吃了一口盘子里的芝士煎蛋卷。不知道查尔斯先生怎么样了,这么多天我几乎没想起过他,为此我感到十分内疚。他以前告诉过我,如果我请假不上学的话,他就会去另一个学校,因为那儿有更多的听障学生需要他帮助,或是顶替请假的手语老师,充当手语翻译。

自助餐厅里吃饭的人们突然停下刀叉,抬起头,像是在倾听着什么。一些人往嘴里最后塞了一口食物,然后起身向外跑去。我赶紧喝完手里的芒果汁,跟着人群跑向甲板。

我拿出笔记本写下"怎么了?",然后拿给身旁的一个老婆婆看。

看到笔记本上的问题,她把双手比成喇叭状放在嘴边,大声对我喊道:"鲸鱼!"

当天的节目安排上并没有写鲸鱼观赏,不过很显然,鲸鱼并不按照节目安排行事。也许是苏拉看到了鲸鱼,就跑去桥楼把这个意外的惊喜通知给了大家。

每当我看到一群人指着远处,他们总是在轮船的另一边。有时,他们还会一边大笑一边拍手。鲸鱼正在为观众上演精彩的节目,他们肯定是看到了鲸鱼跃出水面的样子。然而,还没等我跑到那边去看个究竟,这边的人又开始指着远处,笑着拍手。鲸鱼在轮船的两侧游来游去,但我却错过了它们的每一场表演。我懊恼至极,再想到保护区没有采纳我的建议,更是生气地跺着甲板。Blue 55 就在那里,但他们却不愿意播放我历尽艰辛制作出来的歌曲。

大约一个小时后,人们再也看不到鲸鱼跃出海面,于是渐渐散开,陆续回到了游泳池、酒吧和餐厅里。

我靠在栏杆上,凝望着海浪,冰凉的微风吹着我的脸颊。我把围巾压了压,塞到外套里。我的手恰好放在胸口,感受到心脏的跳动。这让我想起了 Blue 55 的歌声,于是我没有立即把手挪开。

是的,事情急转直下,但我此时正乘船在海上航行。能走到这一步,应该不算太失败。我已经走了这么远,并且已经很努力去帮助一头鲸鱼。我凝望着眼前这风平浪静的海面,它在所有人眼中,都显得那样安恬。

突然,一道泪滴形的水柱打破了海面的平静。紧接着又是一道,只不过比第一道小些。

两头鲸鱼从海面下掠过,露出了背部的轮廓。我记得苏拉和本妮教过我,这是座头鲸!一大一小两头。原来是鲸鱼妈妈和幼鲸。我环顾其他乘客,似乎没有人注意到它们,仿佛它们没有出现一样。难道这是我想象出来的吗?

当我回头看时,这两头鲸鱼 Y 形的尾巴翻出水面,又沉了下去。

"谢谢。"我对它们打手语说,然后开心地笑了。这两头鲸鱼在我最需要安慰的时候出现。虽然刚才错过了座头鲸的演出,但此刻我却不再觉得懊恼。

只有我看到了鲸鱼妈妈和幼鲸的表演。

随后,我遇到了本妮,她问:"吃冰激凌吗?"这听起来是个不错的主意,因为我大概有两个小时没吃过东西了。

游轮正驶向下一站——冰港。我们打算留在船上,因为本妮说那里没什么可看的。

"你要什么口味的?"走进咖啡厅后,我问道。

"教堂口味。"她打手势道。

我强忍着没有笑出声,在本上写道:"我可不要这个口味的,吃起来一定像砖头。"

本妮皱皱眉头,显得很困惑,然后指着玻璃柜后的"巧克力"标签。我拉过她的手,在她的手背上写下字母"C",然后画圈写下"O",告诉她这才是她想说的"巧克力",而拍打手背是"教堂"的意思。等明白自己做错了手势时,她也大笑起来。我真希望查尔斯先生能看到这一幕。

等我俩终于笑完了,我们要了两杯冰激凌,一个巧克力口味的,一个开心果口味的,然后分别舀了几勺到对方杯里。这样一来,我们都可以吃到巧克力和开心果混合口味的冰激凌了。

我们在靠窗的座位坐下,用手机查看了 Blue 55 的轨迹。那个闪烁的蓝点似乎正在快速游向俄勒冈州。我刚刚才看过它的位置,这么短的时间里,它怎么能游出这么远?

本妮看上去也很担心,像我一样,她抬头看着电视屏幕上游轮

的航线。"也许它会放慢速度的。"

"是呀,希望如此。"我回答,"反正我在这里什么都做不了。"我叹了口气,打开电子邮件,想看看家里有什么消息。

妈妈让我告诉她更多的情况,而不仅仅是一句"我们很好"。妈妈写道:

> 我去了学校,帮你把作业都拿回来了。等你回来,就可以赶紧补课了。我不希望你缺这么多课。我还得找个理由告诉学校你为什么没去上学。如果我告诉他们,你和外婆出门旅行了,不知道去了哪里,他们一定觉得很荒唐。我对他们说家里有一些特殊情况,你要到下周才能回来。反正你和外婆是这样告诉我的。对了,在办公室时,我看见了那个叫尼娜的女生。你是不是因为推了她一把,才惹了祸?她人看起来挺不错的。尼娜说她希望你一切都好,是你激励了她学习手语。

当人们说"前仰后合"时,大多是把它当作一种修辞手法来用,意思是"太好笑了",但此刻我是真的笑得前仰后合。我坐在电脑桌旁的地板上,眼泪都笑出来了。我用手擦去眼泪。每当我想向本妮解释我为什么发笑时,我就又会笑到停不下来。

最后,我终于站起身,把电脑屏幕转向本妮,让她读一下电子邮件,我指着最后一行。"她的手语糟透了。"我打手势说。打开电脑的记事本,我补充道:"尼娜总是不停地比比画画,可我从来都看不懂她想说什么。她的手语越练越差,而不是越练越好。或许她从图书馆借了一本其他国家的手语书,因为她比画的我完全看不懂。"

本妮耸耸肩,打字告诉我:"至少她愿意去学,这一点挺好。"

"有什么好的,我跟她说我不明白她的话,可她从来不听。无论如何,手语学成那样,还不如不学呢。"

看完我的话后,本妮回答:"她对你讲的也许比你对鲸鱼讲的更容易懂,不是吗?"

37

本妮提议,轮船在冰港停靠的那天,我们留在船上游泳。到时候,很多人会下船出去玩上几个小时,游泳池就不会像平时那么拥挤了。真走运,离家之前,打包行李时外婆让我带上了游泳衣。当时我还觉得,我们的船要穿越冰川,哪里会需要游泳衣。但船上游泳池里是加热的温水。外婆不想游泳,但在结束了尊巴舞的课程后,她会坐在甲板上读书。

本妮是对的,游泳池果然一点儿也不挤。只有几个人坐在泳池边,还有一个人坐在泳池里的漂浮椅上,杯架上还放了一罐啤酒。

我跳进泳池,从一头游到另一头,然后仰面浮在水上。我已经好久没游过泳了。住在海边时,我们经常去游泳。如果海上风不大,特里斯坦和我会顺着海浪漂流,或是套着游泳圈浮在海里。海浪常把我们冲得很远,从远处看我们的房子,它仿佛变成了一个黄色的斑点。特里斯坦总是在泳裤的拉链口袋里放些零钱,游完泳,我们各自从冰激凌摊上买个甜筒,然后走回家。

水花溅到我身上,把我的思绪拉回了泳池边。本妮笑着向后退了一步。我假装很生气,但是当我向她泼水回击时,我忍不住也笑了出来。她沉到水下,避开了我泼的水。等到她浮起来换气时,我立刻把水向她泼去,正好打到她。在她回击之前,我深吸一口气,游到了泳池的另一边。我从水里站起来,举手示意本妮停下来。

"你感觉到了吗?"我问她。

她耸耸肩。"什么?"她稍微后退了一下,以防我趁机向她泼水。

我把手平放在水面上。四溅的水花和船上的引擎让泳池的水面一直在颤动,但除此之外,现在又多了音乐的律动。此时的泳池里,仍然只有我和本妮,还有浮椅上的那个人。水面的涟漪像收音机的声波那样不停震颤。

"歌声。"我打手语说。在聊到鲸鱼的歌声时,我对本妮多次使用过这个手势,因此她懂得这个词的意思。

"哦,没错。"她指着浮椅另一侧的某个东西。我游过去,想看看她说的是什么。一个蓝白相间的圆筒漂在那个男人的身旁。

本妮游到我旁边,再次指着那个东西,然后打手语道:"歌声。"

这是一个音箱。我没看到旁边有电线,它一定是个蓝牙音箱。在爸妈卧室洗手间的墙上,他们也用吸盘吸着一个类似的东西。

那个男人把手机放在杯架里。手机里播放的音乐,通过音箱传了出来。

我向本妮比画了"买"和"这里"两个词,想问问在船上的礼品店里能不能买到音箱。她摇了摇头。

船仍在向前航行,把远处的群山抛在了身后,但是很快我们就

会在冰港停靠。本妮挥挥手想引起我的注意,但我举起一只手,告诉她等一会儿。灵光乍现,我不想让它溜走。我在想能不能把音箱放进海水里,为 Blue 55 播放它的歌曲。也许我真的可以试一试。这首歌一直陪伴着我。第一次播放时,我曾把手放到音箱上,去感受它的歌声。从那一刻起,它就深深刻在了我的脑海里,而不只是一种普通的记忆。我的手机上就有这段音频。如果能找到 Blue 55,将这首歌传送到它所在的位置就好了。

如果早知道我会需要一台音箱,我肯定会从家里带一个。把蓝牙音箱的信号连接到手机上,然后把它丢进水中就可以了。或者至少我能从那台藏在壁橱里的"爱德蒙"里捡出一些零件来,自己做一个扬声器。当然,之后我还得再做些防水处理……

我从游泳池里爬起来,坐在池边晾干手,然后从包里拿出手机。本妮也跟着我上了岸。我输入一条信息,然后把手机拿给她。"我还是决定在冰港下船。我需要买些东西。"她刚读完,我就开始列清单了。

她用手比了两个"0"的形状,提醒我那里什么都没有。没有商店,也没有像样的餐厅。

我望向远方那个即将抵达的小镇。我只需要一个废品站就够了。

38

苏拉想留在船上,但她告诉出口的员工,本妮可以跟我和外婆一起下船去冰港。

本妮没去过当地的废品站,但她知道废品站离游轮停靠的地方还有一段距离。毕竟,那不是什么旅游胜地。其实它也不算是真正的废品站,更像是个垃圾场,不过这样更好,我就不用付钱了。但这也可能很糟,因为人们会把各种垃圾倾倒在那里。

港口附近停着几辆班车,准备带着乘客到镇上各处观光。

我们随便上了其中一辆车,我和本妮在前排找到了座位,外婆则告诉司机:"请把我们送到垃圾场。"说这话时,她的态度就好像作为游客,这个要求很正常一样。

我不知道司机对她说了什么,但是她从钱包里拿出几张钞票递了过去,接着像是在说:"这很重要。"然后,她在本妮和我对面坐了下来。

本妮是对的——那座小镇真的没什么可看。司机把车停在酒吧门口,有几个人下了车,但大多数人是在商店和钓鱼码头下车的。大约十分钟后,司机开始驶向冰港的垃圾场。

外婆一边和司机说话,一边打着手语。"我们不会待太久。你能

等我们一下吗？"他看了一下手表，举起十根手指，然后挥挥手，像是在画一条路线。他必须按时返回。

不管这个地方是否有我需要的东西，十分钟足够了。

这个垃圾场看起来就像是莫伊的废品站，只不过这里的东西都是一堆一堆的，也许都是些没人想要的东西。这里没有拖车改成的办公室，而是停着一辆报废的老式校车，车身上锈迹斑斑，已经快看不出本来的颜色了。校车旁边有一个摇摇欲坠的木棚，"入口"两个字是用红色油漆写的。此外，这里也像莫伊的废品站那样，专门有一个区域存放废旧电器。

一个男人从校车中走出来。他的脸又红又亮，还长了一双小眼睛，活像是龙虾变的，而且他看起来也像经常光顾"牛倌"那类餐厅的人。我觉得他和莫伊肯定能成为莫逆之交。我朝他直奔过去，他说了些什么，我指着自己的耳朵，然后把我列的清单递给他。他穿着蓝色工装，胸前口袋上绣着"吉尔伯特"的字样。外婆和本妮赶上了我。吉尔伯特指了指清单上的第一项"收音机"，然后又指了指一处挂有"电子产品"标志的地方。我让外婆在四周找找，看有没有什么塑料容器来盛放各种零件。有个小冷藏箱就行，只要盖子和箱体还能密封得住。如果小一点儿，可以放进背包的话，那就更好了。或者一段PVC管也可以，用盖子封住两端就行。我得想个办法在管子上钻一个洞，好让电线穿过去。本妮和我一起跑进了存放电子产品的木棚。在进去之前,我把棚子稍微向一边推了一下,免得它会突然垮塌。

看着散落各处的电子零件,我突然很想念自己的房间。我决不会让我收藏的零件这样杂乱无章,尽管大部分零件都已经被妈妈搬到了车库,不过这些都不重要。就在此时,我怀念起过去的一切。我想家。我想见到爸妈和特里斯坦。我还想去那家古董店,看看我的菲尔科牌收音机还在不在。我想见贡纳先生。虽然离我上次去,过了并不算太久,但是从那儿以后发生了太多事情,以至于我很难想象家里的一切仍能照旧。

本妮挥挥手,把我拉回了我们的"限时购物之旅"。垃圾场的收音机和立体声音响,比我平时修的那些新多了,这倒是件好事。比起从一台古董收音机里扯出一个喇叭来,从一台手提录音机里取出一个音箱可容易多了。我把一台录音机翻过来,转动一根手指,告诉本妮我想卸下上面的螺丝。她竖起大拇指表示明白,然后跑向吉尔伯特。

我一边等本妮,一边环顾四周,想找一些小东西。这个录音机上的音箱应该可以,但比我想象的要大。无论最终做出来是什么样,只要我们能及时赶到灯塔湾,我都必须随身携带着它。在木棚的一角,我找到了一个理想之选——一台手提卡带录音机。在从电脑和手机上下载音乐之前,人们用的是 CD 机,而在 CD 机之前,人

们用的就是这种卡带录音机。

本妮和外婆给我带来了螺丝刀。外婆递给我一个塑料热水杯。不是装饮料的那种杯子,而是有盖子的那种保温杯。喝水时要转出杯口的饮水孔。我得等会儿才能确定它漏不漏水,但这很可能就是我需要的。我从卡带录音机里取出音箱,把它放进水杯里。刚好合适。电线可以从饮水孔里穿出来。我谢过了外婆和本妮,然后把保温杯塞进背包里,打手语道"耳机"。她们和我一起环视木棚。不一会儿,本妮就拿来好几副像细蛇一样缠绕在一起的耳机。我打开背包,让她把整团东西都塞了进去。我只需要一条耳机,但我们现在没时间整理,而且多一些有备无患。

接着,我奔向一堆管道和几个东倒西歪的马桶。在一堆生锈的管道旁,有几管快用完的填缝剂。没有盖子的填缝剂没有用,因为里面的填缝材料已经干掉了。我挑了两个还有盖子的,管里的材料应该足够我用了。这两管填缝剂,一种是人们用在水槽和浴缸边缘的白色填缝剂,另一种是透明的有机硅类填缝剂。我打开透明管的盖子,挤出一点儿确认它还没有干掉,然后重新盖好盖子,扔进了背包。

本妮转过身,班车来了,她回头看了我一眼,佯装在方向盘上按喇叭。外婆向司机挥了挥手,伸出一根手指,要他等我们一分钟。虽然我很高兴找到了自己想要的东西,但我可不想留在这里。

吉尔伯特走了过来,想看看我们找得怎么样了,我指了指清单上的最后一项。从电子零件中找到的电线还不够长,我需要一大卷电线。

他向我招招手,让我跟他过去。我告诉外婆和本妮先上车,我一分钟后在车上与她们会合。吉尔伯特带我走到几个巨大的木制线轴旁。他轻轻拍着一个绕满电线的木轴,然后把一只手放在耳朵上,比出打电话的样子。我蹲下来握住电线的末端,那里有一层黑色外皮是绝缘的。太好了。整个线轴看起来好像可以卷起数百米的电线,虽然现在已经所剩无几,但也远超出了我的需要。我一边打手语,一边向吉尔伯特做出"谢谢"的口型,然后从线轴上把电线快速解了下来。手上缠满了黑色的电线,我一路狂奔,跳上了回游轮的班车。

我已经有了制作防水音箱所需的一切。现在要做的,就是把它们组装到一起。

39

本妮来到我的房间,帮我一起组装音箱。回到船上后,我才意识到,我还需要一把螺丝刀以及一个可以剥去电线绝缘层的工具,否则我就无法工作。于是,本妮从船上的电工那里借来了一小套螺丝刀和几把剪线钳,我原本只想借把剪刀的,但这简直太好了。我很快就装好了音箱,然后连接了一些较长的电线。与此同时,本妮从那一堆缠绕在一起的耳机中解开了一副。现在我唯一需要的就是一个可以插入我手机插孔的连接器。整理好耳机线后,我剥去了电线上的一部分绝缘外皮,然后把电线的两端和电话线连在一起。我把音箱连上手机,找到那首写给 Blue 55 的歌曲。这首歌里有乐器的演奏声,有海洋动物的鸣叫声,还有被调到 55 赫兹的我们俩的声音。听着这首歌,本妮的脸上露出了笑容。

浴室的洗手池很小,但也足够用来测试热水杯是否漏水了。我给水槽蓄满水,然后把热水杯向下按去。我取出瓶子,打开盖子,杯子里面是干的,看来盖子不漏水。把电线从饮水孔穿出后,我还需要把饮水孔密封起来。

我把组装好的音箱放进水杯,然后把电线从饮水孔拉出来,本妮一直帮我握着水杯。拧紧盖子后,我把透明的填缝剂挤到电线周围的空隙里。虽然水杯没有重到整个沉入水底,只是没入水下一点点,但以防万一,填缝剂能防止海水进入杯内。

填缝剂要到第二天才会完全干掉,所以我必须确保在此之前,杯口不能浸入水中。现在,我们需要在更深的水里测试一下音箱。"去游泳池吧。"我比画道。

我们穿上泳衣,再次回到游泳池,我拿着手机坐在水池边,本妮跳进了水里。在播放歌曲时,我检查了音箱,确保它能正常工作。我手里的水杯随着55赫兹之歌嗡嗡震颤。

我把音箱放进游泳池里,问本妮:"有声音吗?"

她点点头。其他正在游泳的人肯定也听到了,因为音乐响起后,他们转头看着我们。

我指了指下面,想知道本妮能不能在水下听到声音。她把头扎进水里,几秒钟后,她浮出水面,一只手左右摇晃,像是在说"差不多"。也许这根本不重要,因为鲸鱼比我们的听力好得多。但是知道歌声可以在水里传播,让我感觉好了很多。本妮指着手机,大拇指朝上比画了几下。我按下手机侧面的音量键,调大了音量,手上的震感越来越强,越来越多的人看向我们。

本妮笑着挥手让我也下水。她深吸一口气,再次潜入水中,我也跟着潜了下去。55赫兹的歌声在水里震颤着。水波也以接近55赫兹的频率上下起伏。

我一边在水下游着,一边继续播放音乐,然后仰面浮在水上。Blue 55 也许会认出这首歌,只要我们能及时赶到灯塔湾,它就能在几天后听到了。那天晚上,在游轮离开冰港之前,我把手机连上了无线网络。这次不是为了查看 Blue 55 的去向,虽然我很想知道,但又害怕知道。不管此时它身处何方,我都无能为力。外婆和我会赶到灯塔湾,而我会设法把这首歌播放给它听。

　　但我一直在想,是否要多加一些自己的声音到歌里。我真希望可以和 Blue 55 分享自己的语言,虽然这是不可能的。如果它能通过我做的音箱听到我为它录制的歌曲,哪怕只能听到一点儿,我就知足了。

　　我从不喜欢在人前大声说话,但不知为什么,我愿意为 Blue 55 这样做。我下载了一个声音调节器,和本妮手机上的那个一样。我按下录音键,对着手机说道:"嗨,我是艾莉丝。我在这里。"

40

  这可能是我们在船上的最后一夜,外婆和我在入睡前,到甲板上吹了一会儿海风。反正一想到计划外的灯塔湾之旅,我们也很难入眠。

  我从没见过这么黑的夜晚。温德尔肯定会很喜欢。这里能看到好多星星,比在家里时看到的要多得多。远方的冰川像是和天空撞到了一起,冰层在暗黑的夜色中熠熠生辉。我望向天空,寻找着那颗不会眨眼的木星。在布满星星的夜空中,想找到它十分困难,而且它现在所处的位置与温德尔指给我的不同。或许是因为我所处的位置发生了变化。和那时相比,我们的确发生了很多变化。有时我觉得自己才刚刚离开家,但有时我又觉得已经离开了很久,久到斗转星移,行星也在天上走出了很远的距离。但与此同时,许多事情又似乎依然如故。我离 Blue 55 依然很远,就像刚出发时那样。

  如果此时我还在家中,我应该是和温德尔一起,在他家的阳台上观察木星。

  接着,我突然找到了木星,就在最左边的天空中。我看得很清楚,就像温德尔坐在我旁边,指给我看时那样。此时,他或许已经睡着了,又或许也在看着木星。一想到这里,我就感到十分高兴。

我本来没打算再去上网的,但是我还是决定要发一封邮件。

亲爱的温德尔:

突然想到了你,因为我的成功概率就像宇宙中的星辰一样微小。哈哈,你懂我的意思吧?

关于你想找到的那颗行星,它在几百万年前就被撞出了太阳系,对吗?如果是这样,你怎么知道它的存在?不光是你,既然这发生在很久之前,怎么会有人知道它的存在?

无论如何,我只是觉得自己其实就像那颗行星。我本来在一个轨道上,但有些事把我撞向了另一个轨道。不过即便如此,我还是会继续前进。

艾莉丝

船停靠在奥利弗角的时候,本妮送我们到了出口。一路上我们什么都没说。外婆和我手里各拿着一个小包。如果当天下午我们没有赶回来,我们至少带了些换洗的衣服,还有洗漱用品。我们已经收拾好了行李箱,不过不打算带上。其实,如果我们要在旧金山重新上船,我们是不用花时间打包行李的。离开房间前,我把外婆给我的鲸鱼折纸放到了牛仔裤的口袋里,希望自己此行能有好运。

但愿我们能在开船之前赶回,因为我还没准备好和本妮道别。但我现在必须离开。Blue 55 正在等着我,让我走下轮船,来到太平洋岸边。我打出"谢谢"的手语向本妮致意。我们拥抱时,我才注意到,我仍然系着本妮借给我的围巾。我一边比画"你的",一边准备伸手解下来。

她摇摇头,按住了我的手。"你的。"她在笔记本上写了些什么,然后递给我看。"祝你好运,无论结果如何,你的歌曲都棒极了。"

我紧紧握了握她的手,然后和外婆一起穿过大门,走上了船外的踏板。

本妮告诉过我们下船后怎么找那班火车,所以我们很快就找到了方向。我们跟着身边的一群人,他们都是从游轮上下来的乘客,准备乘坐火车去观光。

走过几个街区后,我们看到一列巨大的黑色火车停在铁轨上,车头喷出浓浓的烟雾。和我平时看到的火车很不一样,这种火车的样式更老,像从黑白电影里开出来的一样。一个男人穿着蓝色制服,带着列车员的帽子,正站在车门口招呼人们上车。

外婆把我们的车票递给他,然后在前排找了个座位。我不敢相信我们就要出发了。太好了!

等了很久,乘客们才陆续上车。火车开动了。我已经迫不及待想快点儿到达灯塔湾,好赶在 Blue 55 离开前见到它。也许它现在

已经到达那里了。我不敢查地图，但我又必须清楚它的位置，不然我们的行动就有可能无功而返。

我安慰自己，Blue 55 可以从很远的地方听到声音。即使它已经离开了灯塔湾，它也不会游出很远。无论如何，我都会把歌放给它听。它一定能听得到，并且知道有人听到了它的歌声，还做出了回应。既然如此，我就应该高高兴兴的，因为无论出现什么情况，我都会把这首歌放给它听，可它真的能听到吗？

我记得特里斯坦曾提醒过我，Blue 55 和我收藏的那些收音机不一样。也许我这么做不是为了 Blue 55。特里斯坦认为，我之所以想帮助那头鲸鱼，就像想修好那些收音机一样，为的是让我自己好受一些。

不，事情并非如此。Blue 55 发声的频率确实很罕见，但是和我一样，它不需要别人来"修理"。我把种种疑问抛到了脑后。我这么做当然是为了它好。

我拿出手机，发现手机电量不多了。前一天晚上第二次测试音箱时，我把手机插到了上面，但是忘记充电了。如果在经历过这么多事情之后，最终因为手机没电而无法播放歌曲，那我永远都不会原谅自己。

我关掉手机，想节省仅存的电量。我问外婆能否在她的手机上追踪 Blue 55 的位置。我拿过手机，追踪软件上显示一个闪烁的蓝点就在灯塔湾附近,而它上一次发声就在一小时之前。如果它继续朝着这个方向游来,它很快就会到灯塔湾了。但它会在那里停留吗?我和它见面的机会真的十分渺茫。

我的双腿忍不住颤抖起来,为了缓解焦虑,我打开了保护区的网站,想看看有没有什么新闻。上面没更新,只有一个题为"今日行动"的帖子,内容是说工作人员会在今天乘船出海,找到 Blue 55,并为它安装追踪器。

在把手机还给外婆前,我收到了一封新邮件,是温德尔的回信。

亲爱的艾莉丝:

之所以有科学家推测那里曾经有一颗巨大的行星,是因为它对周围的物体产生过引力。如果没有像它那么大的行星牵引着其他星体,这些星体及其卫星会处在不同的轨道上,而我们整个太阳系也会发生改变。那天你在我家时,我们看不到木星,因为它在天空的另一方向。虽然那颗行星已经消失了很久,而且已经离我们远去,但它仍然影响着曾经同在一片天空的星体。

快点儿回来吧,艾莉丝。没有你,这里完全不一样了。

温德尔

火车一阵抖动,向前猛地冲了出去。沿着开往俄勒冈海湾的铁轨,火车越开越快。我紧张得在腿上弹着手指。好吧,我就要抵达旅行的终点了。一会儿,火车在中途停下休息时,我们只要从那里坐十分钟巴士,就能到达保护区了。

我试着告诉自己,Blue 55 要么在那儿,要么不在那儿,而我除了赶到那里,其他什么也做不了。

但即便如此,我还是很紧张。我不断向前张望,希望眼前能立刻出现一座火车站。外婆一只手放到我的膝盖上,想让我的双腿停止抖动。我站起身,走到离火车发动机最近的一节车厢,以便看得更清楚一些,顺便放松我颤抖的双腿。

火车爬上一座小山,当我们开上山顶时,一栋木制建筑映入眼帘。一个穿着卡其布衬衫的男人在楼前挥舞双手,火车开始减速,然后停了下来。

我们下了火车。外婆问那个人在哪里搭班车。随后,我们朝着他指的方向走去。

我们终于要到了。外婆牵着我的手,甚至一路小跑。她笑了。我真得想个办法,好好对外婆表示感谢才行。是她带我开始了这趟旅行,没有她,这一切就不可能发生。

我们走到一个两边都是商店和餐馆的地方,电线杆上的蓝色标牌指示着巴士站的方向。外婆一路小跑,气喘吁吁,所以我们只得放慢了速度。

我们拐过一个弯,看到一辆巴士停在前面,另外一辆巴士刚刚绕过街角开走。我跑到车站的长凳边,那里有一个告示:班车停靠点,每二十分钟一趟。

还要再等二十分钟,然后是十分钟的车程。到那时,他们可能已经给 Blue 55 装好了追踪器,而 Blue 55 可能已经离开保护区了,回程的火车也已经开走了。

我慌乱地环顾着四周,想看看周围有没有巴士路线图。或许商店里有人知道巴士的路线。不管下一站在哪儿,我可以一路狂奔,赶在巴士前面到达。

外婆指了指我们的前方和右侧:"你一定能赶上。"

"怎么去?要去哪儿?"

"我会到保护区跟你会合。跑吧,去追上那头鲸鱼。"

41

我在奥利弗角的闹市区狂奔,穿行于商场、饭店和游客之间。跑到一个红砖砌成的小型图书馆外时,我靠在墙上喘着粗气,然后再次看了看 Blue 55 的位置。

在我的手机屏幕上,电量显示为一条细细的红线,就像康恩老师用红笔画出的线条那样。这可能会把一切都毁掉。即使我能赶在 Blue 55 离开之前,赶到保护区,我也可能没法儿播放我录给它的歌了。为了找到它,我漂洋过海,但最终所有的努力都化为泡影,只是因为前一天晚上我没有给手机充电。如果是这样,我永远都不会原谅自己的。

但是现在,我只能听天由命了。我要先赶到保护区,看看那里的情况。在此之前,我只能尽量节约仅剩的电量。我把手机塞回运动衫的口袋里,转身看向四周,想弄清该走哪条路。外婆在巴士站给我指过方向,但一路有各种建筑,我没办法沿着直线跑。大路在我的斜前方,所以我不确定自己的方向是否正确,或者我是否一直在沿着另一条道路奔跑。

我脑海里回想着本妮给我看过的地图,凭感觉继续向目的地奔去。我确信保护区就在海岸边,虽然我终于看到了海滩,但回头却看不到火车的铁轨。没有了参照物,我还是不知道自己的位置。万一我跑错了方向怎么办?等我弄明白时,可能离 Blue 55 更远了。我摸着项链上的指南针,想着要怎么追上鲸鱼,真希望 Blue 55 能通过什么方式告诉我,要怎样才能找到它。

突然,我拍了下脑门儿。我需要的东西就挂在脖子上啊!我不禁笑了出来,解下项链,打开了指南针。贡纳先生是对的,指南针还管用。我按照几百年前人们的做法,开始用指南针寻找方向。由于指针指着北方,我转身朝着反方向开始奔跑。

快到保护区时,我已经不需要借助地图或指南针了。我把指南针塞进运动衫的口袋,和手机放在一起,然后朝着红色屋顶的灯塔跑去。

如果我到那里时,科考船还没有离开,或许我可以说服他们,改变他们的想法。我会把歌曲放给他们听,让他们看看把音箱放到水里有多容易。我可以等到他们为 Blue 55 安装过追踪器之后,再播放这首歌,以免影响工作人员接收它的叫声。如果他们不能带我上船,那也没关系。我可以留在岸上,从屏幕上看他们给 Blue 55 安追踪器。或者我可以站在岸边,也许当它游过海湾时,我就能远远地看到它了。重要的是,Blue 55 能听到我为它录制的歌曲。

一只橙色的小船漂在海面上,在去年安蒂尝试为 Blue 55 安装追踪器的视频中,也有类似的小船出现。我面前有一个防波堤,两

边都是巨大的岩石，就像我在加尔维斯顿看到的那样，而防波堤能让我距离海湾更近。

我沿着防波堤走了几步，然后放慢了脚步。海浪拍打着岩石，冲击到堤面上，海水和海藻让堤面变得很滑。我跌倒了两次，才跑到堤坝的尽头。橙色的小船就在我的左前方，正朝保护区的大楼驶去。是因为 Blue 55 就在附近某个地方，还是因为这次尝试又失败了，他们准备返航？或许他们已经给它安装好了追踪器？当他们靠近时，我会挥手让他们停下。我脱掉运动衫，放下背包，把东西都放到防波堤的地面上。我跑了这么久，需要凉快一下。

当船靠近时，我开始挥舞双臂，接着放下了手。安蒂和方向盘后的男人面带微笑。安蒂握着金属杆，杆子的末端没有追踪器。男人把一只手从方向盘上移开，和安蒂击掌欢呼。

原来他们正在庆祝，因为他们已经成功为 Blue 55 安装了追踪器。为了这头鲸鱼，我离开了家，先坐飞机，再坐轮船，又坐火车，接着拔腿狂奔，才来到这里，然而它却已经离去。

我竭力想为安蒂和她的团队感到高兴。他们的目标就是为 Blue 55 安装追踪器，现在他们做到了。但我却高兴不起来，至少现在不行。这趟旅行开始以来，我第一次哭了，不是为了某一件具体的事情，而是因为所有的悲伤和不公都汇聚到一起，让我无法自已。

原来我真的会想念一头素未谋面的鲸鱼。我一路走来,是因为我感到孤独,是因为我认为 Blue 55 也是这样,即使身处同类当中仍然形单影只。但是现在,它却已经从我身边游走。这里只剩下我自己,站在防波堤上,身上的衣服又湿又冷。我想起了那位船长在穿过峡湾时所说的话——有时你不得不学会放弃并回头。

我摇摇头,擦擦脸。不,这不是结局。我还没打算放弃。Blue 55 独自歌唱了数十年,即便无人回应,它也没有放弃。假如它早已放弃,我就不会知道它的存在,我就不会登上那艘游船。

一定还有什么是我可以做的,一定还有什么值得期待。

Blue 55 肯定还没有走远。就算不能近距离看到它,但我这样做怎能说不是为了它?也许一直以来,特里斯坦都是对的,我之所以这样做,的确是为了自己。我才是那个孤独的人,是我想让鲸鱼听到我的声音。但此刻,我只是想让它知道,我能够听到它的声音,能够听懂它的心声。我录制的歌曲无法与它的歌声完全一样,但我已经竭尽所能。哪怕只有几个音符能够触动它的心弦,我所做的一切也都是值得的。我会告诉它,在一望无际的大海里,至少有一个地方,它可以找到与自己频率相同的声音。

无论它已经游到哪里,都不会距离这里太远,它一定可以听到我的歌曲。我从背包里拿出防水音箱,把电线插入了手机。剩下的电量比一根头发丝还细。我把水杯掷入海中,我会一直播放这首歌

曲,直到手机没电为止。

如果能看到 Blue 55,哪怕只是一眼,我也会坚持下去。为了来到这儿,我做了那么多事情,至少也有些收获。瞥一眼它的背脊、尾鳍或是喷出的水柱,那种感觉就像嗡嗡的静电在我掌心震颤一般。即使我听不到它的歌声,我也知道它就在我身边。

我前前后后、反反复复地扫视着整个海湾。这里水面平静,毫无波澜。我猜周围一定很安静。让我看到你吧,别让我徒劳一场。

然而没有,什么都没有。我摸了摸牛仔裤口袋里的鲸鱼折纸。至少我把外婆带到了海上。这趟旅行冲走了她内心深处的阴郁。她已经从悲伤中走了出来。我的外婆虽然性格乖张,但风趣幽默,从不满足于待在同一个地方。她从一开始就知道,我应该和那头鲸鱼同名。她从来都不是一个普通的外婆。她是那种会牵着你的手和你一起冒险的人。她就像被冰川困住的气泡那样,总是要从中挣脱,并重获自由。没有外公,生活都不一样了,但我们会好起来的。现在,外婆也意识到了这一点。

此外,我还交到了一个好朋友。我真希望在"海妖"号离开港口之前赶回去,这样我就能有更多的时间和本妮在一起。

我很想念 Blue 55。虽然从第一次听到它的名字起,我还从没见过它。它永远也不会知道,世上有人对它产生了如此亲近的感觉。也许它无论如何都不会理解我的感受,但我还是很想告诉它:

对不起。我已经尽力了。我就在你身旁。

突然,我看到了它!就在前方的海域,一条灰蓝色的鲸鱼向我游来。不过,这也许是别的鲸鱼。从我所在的码头看去,我实在无法分辨它是不是 Blue 55。

但是紧接着,它从呼吸孔喷出了一条圆柱形的水柱,还把背脊拱了起来。新月形的背鳍露出了水面,还有宽大的尾鳍。

瞧呀,它喷水了!

我立即跃入海中。

42

当我跳进海湾后,冰冷的海水像刀子一样使我两颊生疼。我把头埋在水中,朝着 Blue 55 喷水的方向游去。

我的肺仿佛要炸开一般,因为我需要呼吸。我抬起头,只用了一秒钟深吸一口气,仿佛我再也不能呼吸一样,然后又潜入水中。我睁大眼睛,环视着四周,寻找着 Blue 55 的身影。

我向后打着水,只见前方的阴影越来越大,直到它出现在我面前,我才停下来。

我从没想过自己会以这种方式与 Blue 55 见面,但它却真的发生了。我见过很多鲸鱼的照片,但现在我距离它如此之近,没有一张照片可以与眼前的景象相提并论。以前它只是屏幕上的一个蓝点,或是我贴在墙上的一张照片,看起来一点儿都不真实。我漂浮在水中,凝视着鲸鱼黑色的眼睛,相比庞大的身躯,它的眼睛看起来很小,还没有我的手掌大。但是当我凝视着它的眼眸时,却感到 Blue 55 正向我诉说,告诉我它曾经感受到的一切,以及它曾经见过的一切。

它也凝视着我。它在辨认我吗?它能和我沟通吗?它知道为了见它一面,我走了多远吗?

这些都不重要了。重要的是,我们在这里相遇。我找到了这头鲸鱼。它永远不会知道它对我有何种意义,但是没关系。我不会讲它的语言,它也不需要被人"修理"。它就是它,唱着属于自己的歌曲。

我们绕着彼此打转,仔细观察着对方。我浮出水面呼吸。科考队的橙色小船正驶向我们。我很快就要见到安蒂他们了,但我还没准备好离开 Blue 55,我已经追它追得太久了。

Blue 55 不需要换气,至少二十分钟之内不需要。每次我浮出水面换气时,它就在我身旁徘徊,等着我。我们几乎可以触摸到彼此,但也许它还想保持一定的距离。它没有游走,只是在我周围游动,眼睛还一直看着我。我伸出手。大海是它的家,而我只是个客人。我跋涉了六千多公里才见到 Blue 55。而这最后几米的距离,我想让它来做出决定。

它慢慢靠近,拉近了我们之间的距离,直到它的脸碰到了我的指尖。我张开双手,沿着它的身体抚摸它灰蓝色的皮肤。它遗传了父母的肤色,却没有学会它们的语言,所以它创造了自己的语言。

我只有一点点时间与它交流。我把手放在它的身上,用手指敲出它的名字。

55,55,55。

你就像一首诗,你知道吗?

229

突然,一首新诗涌入了我的脑海,就像外公和我玩手语游戏时那么简单。我伸出双手,把十指扣在一起。这个手势可以用来描述海浪和音乐。

你的歌声漂过大海,

淌过陆地,

把我带到这里。

唱出你自己的心曲。

我不会写下这首诗,因为它只属于这头鲸鱼。我会把它留在大海里,让它在 Blue 55 的四面八方漫延,永远陪伴着它。

43

Blue 55 回忆起了一件事情,那是一段它一直试图忘记的回忆。在那儿之后,它才明白什么叫孤独。

它所渴望的声音,它在全世界的海洋不断寻觅的声音,就在这里。它身旁的海水中,回荡着和它一样的歌声。它不知道这是什么地方,但它却感觉自己仿佛回到了家。这唤醒了它脑海深处的记忆。

Blue 55 浮出水面,一跃而起。它曾经唱过的每一首歌和消失在大海中的每一次呼唤,终于等来了回应。此时,它想唱出自己所有的歌,那低沉的歌声穿过海洋,向远处飘去。

它经历了这么多年的呼唤和寻找,这么长久的等待和孤独,从没有谁听到或回应它的歌声。而现在,Blue 55 也许已经明白,终于有人听到了它的歌声。

44

只要声音足够强,它就可以撼动一切。

Blue 55 的歌声如此低沉,那强烈的声波使我的身体如同一个巨大的音箱一般随之颤动。在全世界所有的声音中,这一定是最美丽的一种。虽然我听不见,但我却对此深信不疑。它听到了我为它创作的歌曲,立即用自己的歌声进行回应。我希望自己能永远待在这里,这样我就能一直感受它的歌声。

然而,冰冷的海水和对空气的需求让我必须浮出水面。Blue 55 的歌声仍然在水里荡漾。它游回我的身边,轻轻靠着我的一侧,仿佛是想问我"还好吗"。

我们一起浮出水面,游向科考队的小船。我举起手向他们挥舞。

安蒂站在船的前面。她指着我,对开船的人说了几句话。接着,她转身看向我,她的口型像是在问:"你是艾莉丝吗?"

我冷得直打哆嗦,但还是笑着点了点头。船上的男人扔给我一个救生圈。我把手放在 Blue 55 的身体上,轻抚着跟它道别。然后,我抓住救生圈,让安蒂他们把我拉上了船。

继续歌唱吧,Blue 55。

小船带着我们驶向保护区的大楼。大概是冰冷的海水把我的脑子冻住了,我竟然看到爸爸妈妈正在码头上等我。

虽然我被冻坏了,但这显然不是幻觉。爸妈正站在保护区前面的码头上彼此相拥,外婆也在那里。我做好了心理准备,等着他们的训斥,说我惹了大麻烦,可他们并没有。爸妈肯定会教训我的,只不过可能会等到回家以后再说。爸爸第一个把我拥入怀中。

等他放开我后,我退后一步,好让他可以看到我。我用颤抖的双手打着手势:"轮船还没有开走。"

"你是说火车吧。"他答道。他把外套脱下来,披在我身上,然后把我带到室内。

"请原谅我这样做,"我对他说,"我是不是这辈子都别想出门了?"

他点点头:"也许还不止呢。"

好吧,那我也值了。

在英语里,"水花四溅"一般用来形容某件事引起了轰动,给人留下了深刻印象。现在我对它有了更深的理解。值得庆幸的是,当我跃入水中时,确实水花四溅,所以码头上才有人注意到了我。他示意安蒂停下船,还告诉了她我的位置。跃入水中时,我完全不记得自己发出了尖叫,但显然我的叫声很大。

在上一封写给妈妈的电子邮件里,我请她不要因为我们的旅行而责怪外婆,那时爸爸妈妈就已经猜到我是去找鲸鱼了。我从阿拉斯加寄回去的明信片又是一个更明显的线索。接着,他们开始在网上搜索关于 Blue 55 的新闻。他们坐飞机到了俄勒冈州,又开车前往灯塔湾,并在那儿遇到了安蒂。

爸妈准备等我们回到家以后,再对我进行惩罚。现在,他们只想见到我,确保我平平安安。我的确平平安安。我和外婆会回到游轮上,完成剩下的旅程,然后一起飞回家。我们答应爸妈,绝不会再临时改道。

妈妈没说什么,大多数时间里,她只是抱着我。她不时起身梳理我湿漉漉的头发,时而看看我,时而又抱紧我,仿佛在确认我就在她跟前,而她永远不会再放手一样。我也抱紧她,让她知道我一切安好。

安蒂给我端来一杯热巧克力,好让我暖和起来。我身上披着爸爸的外套,还有工作人员送来的毛毯。我们从防波堤上拿回了我的背包,因为衣服还没干,我只好换上一件保护区的纪念 T 恤和一条我背包里装着的睡裤。

我们虽然不是在阿普尔顿的保护区,但安蒂还是兑现承诺,带着我参观了这里的园区。工作人员也同意让她带我参观,她向我介绍了网站上看到的那些动物。在其中一间办公室的电脑屏幕上,一些波浪线正上下起伏。我曾在一些文章里读到过,这些图像和鲸鱼的声音有关。安蒂向我解释了每一个标记的含义,它们代表水诊器接收鲸鱼声音的地方。在最后一张图上,一条曲线正围绕着标有"55赫兹"字样的线条上下摆动。那是Blue 55的声音,它也在歌唱。

安蒂把一个笔记本推到我面前,写道:"你想过没有,长大以后做什么?"

我耸了耸肩。我一直觉得我最感兴趣的是维修电子产品,但我不确定自己会做什么,或者将来要做什么工作。

安蒂指着电脑屏幕写道:"和你那首歌曲相关的知识被称为听觉生物学。在这个领域里,人们会对动物交流时发出的声音展开研究。我喜欢和声音打交道。还有鲸鱼。就像那些科学家一样,他们研究鲸鱼的歌声,用来制作鲸鱼迁徙的地图。我弄懂了Blue 55的歌声,今后也可以研究其他鲸鱼的歌声。"

安蒂接着写道:"你一定会做得很好。"但她又画掉了这句话,在下面写道:"你已经做得很好了。"

在我们离开保护区之前,爸爸握着我的手,我们站在窗前,看着Blue 55在海湾里游来游去。它也许会留下,也许会继续前进。它也许会在温暖的海域度过冬天,然后再回到这里,因为这里有属于它的歌声。它也许还会记起,当它第一次听到这首歌时,有一个女

孩和它一起在海里嬉戏。

或许它可以试着和年轻的蓝鲸玛拉进行交流，哪怕只能彼此听懂一点点。随着年龄的增长，玛拉的外貌和声音都会越来越像它的母亲。它和 Blue 55 虽然语言不同，但没准儿偶尔它们能唱出对方能听懂的几个音符。它们有可能会进行交流，而这也将成为 Blue 55 重返此地的理由之一。

45

回到学校后,我要做的第一件事就是找到索菲亚·阿拉米拉老师。我只能跟她聊几句,否则我就会在康恩老师的课上迟到了。走廊里的每个人都对我挥手,想和我说话,我只得放慢了脚步。

阿拉米拉老师正往黑板上写字。一看到我,她立即停了下来,紧紧地抱住我。明明一肚子的话,我却突然忘记了要说什么。我怎么才能告诉她,她所做的一切,对我来说是多么重要!如果不是她播放 Blue 55 的纪录片,我就不会知道这头鲸鱼,我们也不会找到彼此,Blue 55 将独自在海里游弋,永远不知道有人听到过它的声音,而我也不会知道有人听到了我的心声。

"很抱歉缺了这么多课。"我在黑板上写道,"我会赶上进度的。非常感谢您教给我的有关 Blue 55 的知识。"

"我真高兴你平安无事。"她写道,"希望你已经实现了自己的愿望。"

我打算告诉她,是的,我找到了那头鲸鱼,还为它播放了我的歌曲。但是阿拉米拉老师已经知道这些了。此时,有关我去旅行的消息已经在学校传遍了,所以她所说的一定是比找到鲸鱼更重要的事情。

没错,我实现了自己的愿望。我又给了她一个拥抱,然后快步跑去上康恩老师的课。

当我溜进教室时,尼娜用手语比着"欢迎回来",她的手语竟然没那么糟了。在上课前的最后一秒,我坐到了座位上,查尔斯先生和我一起做出了同样的手势——一发之差。

我离开的这段时间虽然发生了很多事,但我敢说康恩老师和她仿佛吃了酸黄瓜般的脸色永远不会改变。

康恩老师在课上给我们留下了自习时间,好让我们准备各自的报告。想到有那么多课要补,我真的很需要这个时间。相比一周前,现在我对鲸鱼的了解多了很多,所以我以为报告不会很难写。但我很快就发现,自己有太多话想说,简直不知从哪儿写起。我拿出笔记本,写下了有关气泡网捕鱼的知识,那是我从苏拉那里学到的。

在写到鲸鱼是如何彼此交流时,我一直想着外公,想起那天在海滩,他对我讲述的塞鲸的故事。如果周围没有声音,鲸鱼就会迷路……但我们的情况不太一样。

查尔斯先生轻轻拍了拍我的课桌。我抬起头后,他打手势说:"你是在想鲸鱼,还是在想别的东西?"

"都有。"我回答,"我在想鲸鱼,还有我外公。"

查尔斯先生笑了。"如果他知道你和外婆的这次旅行,你觉得他会说些什么？"

在回家的飞机上，外婆曾问我，有没有打算和妈妈谈谈去布里奇伍德上学的事。我不知道是什么让她突然想起了这件事。这次旅行和去哪儿上学毫无关联，不是吗？虽然在布里奇伍德，周围的人会和我使用同一种语言，但一想到要转到新学校，认识新同学，我的胃里就一阵痉挛，我可不喜欢这种感觉。

外公告诉过我，我会找到适合自己的路，不过这可能要花点儿时间。也许有时候想要找到自己的路，就意味着你无法继续留在原地。

"你为鲸鱼所做的，也为你自己去做。"外公肯定会这样说。

46

"她很负责任。想想她所做的一切,这可都是她自己想出来的!"外婆正在客厅和妈妈说话。

此前,我打电话给她,告诉她我正在考虑我们在飞机上讨论的事情。我确实想去布里奇伍德。在楼上的游戏室里,我从栏杆间向下张望,可以稍稍看到她们对话的景象。

"当然,她不应该不告而别。那头鲸鱼的歌声打动了她,所以她才情不自禁想要去找它。"在做"打动"这个手势时,外婆不是将手从一个地方移动到另一个地方,而是用手摸着心口,意思是受到了感动。不过,从某种程度上说,鲸鱼的歌声确实能从一个地方传到另一个地方。

外婆递给妈妈一张纸巾,妈妈擦了擦眼睛。"我总是感觉无法融入你们,您和爸爸有自己的交流方式,您和听障朋友之间也有独特的沟通方法。就像现在,只有您可以和艾莉丝交流一样。"

"对不起。"外婆打手语道,"我们并不是有意要把你排除在外。就像没有人故意把艾莉丝排除在外一样,可它还是发生了。"

"如果她能够与其他聋人在一起,她就不再需要我了。我不想失去她。"

"她会一直需要妈妈的。她每天都和无法与自己交流的孩子待在一起,已经迷失了方向。难道艾莉丝不希望每天都能见到那头鲸鱼吗?但她并不想把鲸鱼拖到这里,让它和自己生活在一起,而是帮助它找到了回家的感觉。"

妈妈没有反驳。谈话似乎快要结束了,我离开游戏室,回到了自己的房间。几分钟后,妈妈过来找我。

"外婆说你想去布里奇伍德。"她勉强笑了笑,仿佛在说:"这个想法是不是很可笑?"她看起来很难过。

我本可以退缩,假装这只是外婆的主意,因为我已经让妈妈很伤心了。

但如果那样,一切就会恢复原状。每天上学时,除了查尔斯先生之外,我找不到其他可以聊天儿的人。虽然转到一个几乎没有什么熟人的学校让我感到害怕,但一想到剩下的几年中学时光都会孤独地度过,我更害怕。如果 Blue 55 可以在保护区里找到乐趣,和素未谋面的动物玩在一起,那么我也可以在新的学校里找到快乐。

我假装在整理电子设备的零件,妈妈进来后,我把它们放到了一旁,和她一起坐在床边。鲸鱼折纸还在床头柜上,那天它在灯塔湾被打湿后,变得十分破旧。我把折纸展开晾干,外婆在飞机上为我重新折了一遍。她提议用不会褪色的纸再给我折一只,但我想保

留她在船上做的这个,因为它曾跟着我一起见到了 Blue 55。

我深吸一口气,告诉妈妈:"我确实想去那里。我想和温德尔,还有其他聋人在一起。他们和我语言相通。"

"我也和你语言相通。"她回答。

"我知道。我真的很高兴您也会打手语,还有爸爸……也会一点儿。但是如果你们不想,你们就不用使用这种语言。要知道,对聋人来说,情况完全不同。我再也不想每天上学时都孤零零的了。"

"我觉得,你要重新结识那么多陌生人,对你来说会很难。"

"现在的每一天对我来说都很难。"

妈妈双手撑着头,我俯身用一只手搂住了她。我轻轻拍拍她的腿,让她看着我。虽然这么说会暴露自己,因为我刚刚偷看了她们在楼下的谈话,但我还是告诉她:"您永远都不会失去我。我永远需要我的妈妈。"

47

我打开一个聊天儿窗口,发现温德尔在线。

"猜猜发生了什么事?"我打字道。

"你搭便车去了非洲的野生动物园,和猎豹成了朋友?"

"差不多吧。"我回答,"明年我就要去布里奇伍德上学了。"

"啊,真的吗?太棒了!你终于跟你妈妈讲了。"

"是的。她还是不喜欢这个主意,但是同意了。不过我很紧张,那里的人我几乎都不认识。"

"没错,哪像现在的学校,你是人见人爱的班长和大人物呢。"

我靠在椅背上,大笑起来。假如温德尔在我旁边,我一定往他头上扔个枕头。

"你会被禁足多久?"他问。

"永远。"

"问问你爸妈能不能让你到我家来玩。"他接着说,"我妈妈说我可以邀请你过来吃晚饭,欢迎你回家。你离开的时候她也很担心,所以她想见见你。"

"好,我会试试看。最近有没有什么好玩儿的行星或日食可看?"

"这周没有。但我很好玩儿呀,所以你还是得过来看看。"

"行。只要爸妈允许我离开他们的视线,我马上就过去。"

特里斯坦进来时,我正在埋头修理收音机。"快好了吗?"他问。

"差不多了。"我比画道,手上还戴着胶皮手套。但其实,想要修好这个收音机还要花很长时间,而且我还缺一些零件。等修好以后,我很可能会把它拿给贡纳先生。

特里斯坦帮我把工作台摆放整齐,还帮我把许多东西收了起来。虽然他并不知道应该把那些东西放哪儿,我还是任由他帮我收拾。我指着一个高高的架子,他帮我把收音机放到了上面。只能改天再修了。现在我们要带外婆去海边了。

我和外婆来到沙丘旁,打算采些野花,放到那头跟我同名的塞鲸旁。我还跟她讲了 Blue 55 的最新消息。它身上的追踪器显示,它仍在保护区附近,不过有时会游走,不久又会回来。安蒂把我制作的歌曲转发给了那里的工作人员。她还向听觉神经生物学家们提到,研究 Blue 55 对这首歌的反应一定会很有趣。灯塔湾保护区有时会用水下音箱在海湾里播放我为它录制的歌曲。当 Blue 55 游到其他保护区时,当地的工作人员也会如法炮制。

在灯塔湾的网站上,有最新消息称,Blue 55 已经见过了保护区护栏内的所有动物。有时候,它还会和玛拉一起游来游去。它会在那里待多久?它会每年都返回保护区吗?没有人知道,但无论如何,大家一定都充满期待。

外婆握了握我的手："你做得很棒。谢谢你跟我一起冒险。这也正是我所需要的。虽然你外公不能和我们一起游玩，我却觉得他始终在我们身旁，从未走远。我想如果我心中充满悲伤，就没有空间留给他了。但是现在，我心中又有了空间。"

接着，她向我谈起了她的新家。

"什么？"我问道，"一艘游轮？一直在船上吗？这怎么可能？"我不知道人们能一直留在船上，但她显然做过了调研。虽然没有多少人会全年住在游轮上，但这也不是不可能。

"你也看到了，我在船上有多开心。我可以一直待在海上，花费也并不比橡树庄园高多少。只是一年而已。一年后，我再决定接下来怎么办。"

一年。我要有这么长时间见不到外婆了。

"你知道我最喜欢《白鲸》里哪句话吗？"她问，"不是'心情就像阴雨连绵的十一月'，尽管我也很喜欢这一句。而是'这是一个任何地图上都没有的地方，真实的地方从来不登上地图'。我们一起旅行过的地方也不在任何地图上，但我会永远记住它们。"

一阵风吹过，我们留在鲸鱼坟墓上的野花被吹散开来，在沙滩上翻滚。我一边重新把它们收到一起，把茎秆插到沙里，一边想着自己该说些什么。我不想让外婆离开。是的，她在游轮上的确很开心。但是她怎么舍得离开我们整整一年？

外婆轻轻拍拍我,让我看着她:"这样一来,你妈妈就再也不用担心我会走丢了。毕竟在船上也走不到哪里去。"

"是因为我在史凯威说过的话吗?"我问,"'继续赢下去,您就可以一直生活在船上了'?您知道我是在开玩笑,对吧?"

她点点头。"我知道。但是在发生了这一切之后,我怎么可能留下来?想想今后会是什么样吧。"她举起一只手,用两根手指指着自己的脸。

我举起手想反驳她,但又放了下来。她是对的。爸爸妈妈恐怕再也不会让她离开他们的视线了。

几天后,我在邮筒里发现了本妮寄来的一封信。此前,她曾在电子邮件里问我过得怎么样,还问了我的家庭住址,好方便给我寄东西。信封里是一些在游船上的照片。其中一张是本妮和我一起坐在甲板上,还有一张照片是偷拍的,但我看起来很开心。在另一张照片里,我在甲板上,独自望着大海。那时我可能正在为能否见到 Blue 55 而担忧。

在登船的第一天,我和外婆有一张合影。我准备把这张留给外婆。她可以随身携带,不知道在今后的一年里,她都会去哪里。

最后一张照片是外婆在酒吧表演时拍的。我把它钉在了墙上。每当我为外婆不在身边而感到难过时,这张照片就会提醒我,她去了自己想去的地方,一个在地图上找不到的地方。

48

杰克逊太太说我可以坐她的车,和温德尔一起去学校。如果在其他时候我会这么做,但是去布里奇伍德中学的第一天,妈妈想亲自开车送我。

她把车停在路边,我坐在车里,看着窗外一群群学生走进学校。这就是我想要的吗?这些人我一个都不认识。

但我可以去结识他们。在原来的学校里,我也一样不认识什么人,或者不算真的了解。在这里,我却有机会了解他们。

妈妈摸了摸我的手臂。当我看向她时,她打手语说:"如果你不喜欢,可以随时改变主意。"

"我知道。"不过,我并不打算改变主意。

她笑着指了指学校的大门。我转过身,看到温德尔正站在台阶最高处向我招手。只见他穿着一件印有土星图案的衬衫,上面还写着"我需要自己的空间"[①]。

我笑了出来,凑过去拥抱了妈妈。她也紧紧抱着我,好像不愿放手却又不得不放手一样。我坐回座位后,立即赶在她之前,打出

---

①此句的英文为"I Need My Space",一语双关,其中的"Space"既表示"个人空间",也表示"宇宙"。

了"我爱你"的手势。

我打开门时,她打手语说:"你一定会好好的。"

公路对面是一所小学,查尔斯先生会在那里工作。既然他就在附近,我就不用再那么想念他了。

走上台阶前,我转身向妈妈挥手道别,但她却没有看我。一群听障学生站在一棵树下,她正出神地望着他们。我不知道当妈妈看着他们相互拥抱、打着手势时,她会作何感想。也许她看到了我即将融入的人群和即将开始的新生活。虽然她没有看我,我还是挥手向她道别。我走上台阶,迈进了新的学校。

只要声音足够强,它就可以撼动一切。它可以震动墙壁,击碎玻璃。它可以把一头鲸鱼推向新的轨迹。它可以鼓舞一个人,把她带往从未去过的远方。55 赫兹之歌的颤动将会伴我终生。

Blue 55 找到了新家,或许还结识了一些新朋友。

我也会一样。

作者的话

世界上最孤独的鲸鱼

这部小说中的鲸鱼是虚构的,它的原型是一头发声频率为52赫兹的鲸鱼,也被称为世界上最孤独的鲸鱼或52 Blue。在撰写本书时,还没有人见过它,也没有人为它安装追踪器。它之所以闻名于世,是因为它发声的频率非同寻常。有海洋生物学家认为,它要么是身体存在某种程度的畸形,要么是两种鲸鱼杂交的品种。在听说了这头鲸鱼的故事后,我很想知道一头歌声如此与众不同的鲸鱼,它的生活是怎样的,因此我希望自己能就此进行深入的了解。

也许有一天会有人追踪到52 Blue,好让我们更多地了解它,知道它为什么这样唱歌。本书中的鲸鱼部分特征来自52 Blue,但在创作中,我还加入了一些想象以及我在研究鲸鱼的过程中学到的知识。不过,我给了它一个不同的身份,虚构出一头鲸鱼,并且借此自由地编写它的故事、身体特征和歌唱模式。我选择了55赫兹的频率，不仅因为它更接近52 Blue的声音，也因为它名字中的两个"5"与故事中的手语诗歌相关联。Blue 55是世界上最大的两种鲸鱼——蓝鲸和长须鲸的杂交品种。虽然杂交鲸很罕见，但这两种鲸鱼有非常密切的亲缘关系，足以进行繁殖，而且大海中的确存在一些已知的此类杂交鲸。

借助水下麦克风或水诊器，我们能够听到52 Blue以及其他所有鲸鱼的歌声。二十世纪八十年代末，一种最初被军方用于探测敌方潜艇的水诊器系统向海洋生物学家开放。通过使用该设备聆听鲸鱼的歌声，科学家们可以识别和跟踪海洋中的各类鲸鱼。1989年，伍兹霍尔海洋研究所的科学家威廉·沃特金斯注意到，北太平洋上有一头鲸鱼发出的啼鸣声有别于其他任何一种鲸鱼。从某些方面来看，这首鲸鱼之歌像是蓝鲸或长须鲸的歌声，因为它的叫声短促而频繁。不过，它的频率要高得多，为52赫兹，而不是正常的15到25赫兹。对人类来说，这种声音过于低沉，相当于大号能够演奏出的最低音，但对蓝鲸和长须鲸来说，这却是一种高音。这头鲸鱼的歌声会突然开始，有时会持续几个小时，最后戛然而止。在其后的十二年中，从每年秋天到冬末，当它游出水诊器的监测范围后，沃特金斯及其团队会跟踪记录其不寻常的歌声。

除了歌声与众不同以外，这头鲸鱼还有一条不同寻常的迁徙路线。大多数鲸鱼每年都会到达同一地区,但52 Blue的路径每年都会有所不同。在有些年份里,它比其他鲸鱼游得更远,甚至去到很远很远的海域。也有时候,它会沿着曲折蜿蜒的路线,在太平洋沿岸来回游荡。它每天能游出67公里,至于它身边是否有其他鲸鱼,似乎并不影响它的行程。

当然,我们不可能知道52 Blue是否真的就是一头"孤独的鲸鱼"。另一位科学家,康奈尔大学的鲸鱼交流专家克里斯托弗·克拉克曾经对它进行过研究。他在2015年接受英国广播公司采访时说:"这头鲸鱼的歌声与蓝鲸的歌声有许多相似之处。蓝鲸、长须鲸和座头鲸都能听到这个家伙的声音,它们并非对它'充耳不闻'。"克拉克博士还表示,他还记录了其他一些不同寻常的鲸鱼叫声,而一些地区的鲸鱼种群甚至拥有自己的方言。

尽管伍兹霍尔海洋研究所的研究人员发现,52赫兹之歌的来源只有一个,但最近的录音表明,在该频率上发声的可能不止这一头鲸鱼。斯克利普斯海洋研究所的约翰·希尔德布兰德称,有数据显示,加利福尼亚沿岸也出现了类似的叫声,但这与52 Blue所处的位置相距甚远,所以这不可能是52 Blue发出的。也许的确有少部分鲸鱼在歌唱时声音能够达到如此之高的频率。

近年来,52 Blue的歌声一直在发生变化,变得越来越低沉。现在它发声的频率大约为47赫兹。这可能是因为海洋里的噪声,也可能是因为它已长大成熟。

它并不是唯一一头歌声会发生变化的鲸鱼。另一些鲸鱼,比如座头鲸和北极露脊鲸,每个季节都会在自己的歌曲中加入新的"旋律"。有时候,它们还会从听到的其他鲸鱼之歌中撷取部分内容。或许歌曲的复杂性能使它们更容易吸引潜在的伴侣,又或许它们只是喜欢花样翻新。有些鲸鱼之所以改变歌声,是出于交流的需要。同时,随着时间的推移,海洋中的噪声污染也导致一些鲸鱼改变了歌声。由于船只往来不断,石油钻探设备轰鸣,海洋里的噪声要比过去大得多。就像在嘈杂的房间里,人们必须提高嗓门儿一样,鲸鱼也需要调整自己的声音,以便在大海中与同类交流。

我们可能永远不知道鲸鱼在说些什么,但我们可以继续聆听。

作者的话

走近听障人士

大约在 52 Blue 被发现的同时,我开始了解手语。当时,作为一名心理学专业的学生,我不打算进入手语翻译领域,只是选修了手语课。随后,我又选了一门相关课程。这两门课都是学校的选修课,但我还没有完成时,就开始在校外参加由聋人教授的手语课。每隔六周,一个阶段的课程结束后,我会报名下一个阶段的课程,在小班里继续学习相关内容。坚持了大约一年半后,我开始为所在学院的一些听障学生做翻译。当时,距离我毕业还有一个学期。毕业后,我搬出了该州,但我知道我不会把手语抛在脑后。对我来说,起初这只是一门有趣的选修课,现在却变成了一份职业、一种责任。大学毕业后,我的第一份工作是在几所公立学校做手语翻译。与此同时,我继续学习手语,并且从手语研习班和自己遇到的聋人那里学到了越来越多的知识。

在我遇到的许多聋人中,他们的家庭成员从未学过手语,或者从未学好手语。这一点着实令人惊讶。与艾莉丝不同的是,许多聋人的家庭成员都是正常人。大多数耳聋并非来自遗传,因此约有90%聋儿的父母听力正常,因而他们可能不太懂得手语。尤其是在聋人较少的地区,手语翻译通常是听障学生唯一能够接触到的懂得手语的人,也是唯一可以与其展开交流的成年人。

在我看来,艾莉丝这个角色仿佛不得不去寻找那头孤独的鲸鱼,因为她和许多孩子一样,总是感到没有人能理解自己的心声。与此同时,对我来说,有一点十分重要,那就是我希望自己笔下的角色并不渴望被人"治愈",而是能在失聪的情况下自如生活,并且在阿拉斯加之旅过后,学会在求学问题上坚持自己的主张,表达自己与同类交流的渴望。

与任何群体一样,聋人群体也是多样化的。故事中的人物使用美国手语交流,但并非所有聋人都使用这种语言。有些人更喜欢通过言语治疗能开口讲话,并使用助听器或人工耳蜗来增强听力。但艾莉丝这类聋人不太愿意进行口头交流,尤其是当人们发现他们耳聋时。许多聋人,比如艾莉丝的外婆,在与不懂手语的人交流时,可能会开口说话,但在与其他聋人沟通时则会使用手语。

我之所以要将艾莉丝的外公外婆设定为聋人,是为了展示他们共同的语言和文化以及他们之间的联系。如果没有这些快乐的时光,不了解聋人的读者可能会认为艾莉丝希望自己恢复听力。聋人群体是一个强大的群体,尽管其成员因听力障碍或语言障碍而受到孤立和挫折,但大多数人并不想改变自己的状况,就像人们都不愿放弃自己的朋友、语言和文化一样。艾莉丝只是和所有人一样,希望有人倾听自己的心声,希望找到一个属于自己的地方。

手语不仅需要用到双手,也需要面部表情的协助,后者类似口头语中的语调。此外,手语使用者面前的空间也很重要,这赋予了手语某种立体感。手语可以指示某人移动的方向、指示建筑物的位置或者演示两辆车如何相撞。某个手势的移动方向或具体位置发生了改变,其含义也会完全不同。

时至今日,对于有兴趣学习手语的人来说,相关的学习视频很容易就能在网络上找到。有时间的话,你也不妨找机会学学这门独特的语言,不仅因为它很有趣,会使你掌握一项重要本领,而且它还可能帮你结识一些新朋友。

迄今为止,我已经从事手语翻译工作二十余载,但第一次为学生进行手语翻译的情景仍历历在目。艾莉丝和温德尔的形象来自许许多多我遇到过的聪明有趣、令人钦佩的听障儿童。他们一直在努力寻找属于自己的地方。我希望通过这本书,写出他们以及那头孤独鲸鱼的心声。

怎样用手语表示"55赫兹之歌"

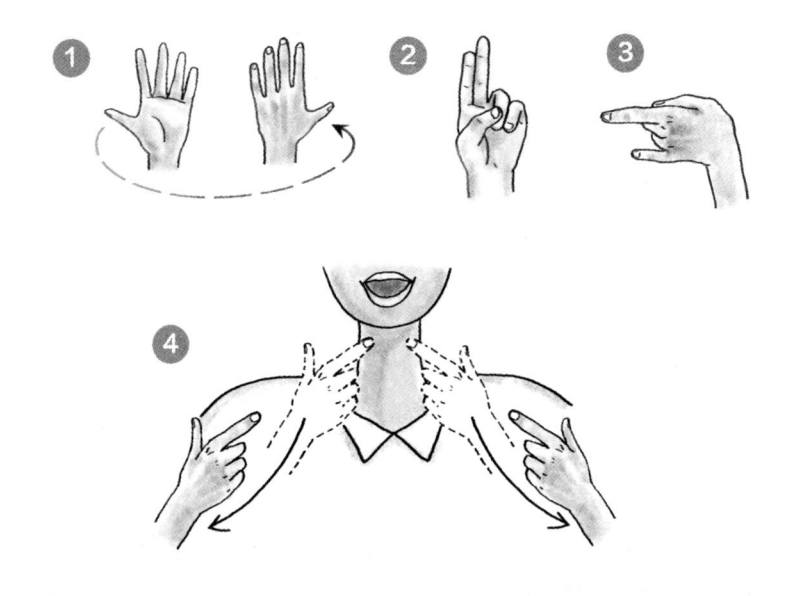

① ② ③ ④